ハヤカワ文庫JA

〈JA1322〉

遙かなる星1

パックス・アメリカーナ

佐藤大輔

早川書房

8155

「君は覚えているだろう。水は流れることによって清さを保つということを。私が大河になれたのは、止まっているのをやめ、そのさだめにしたがったからなのだ」

――クルイロフ「クルイロフ寓話集」

目次

遙かなる星1

パックス・アメリカーナ

予定調和

――一九九八年四月三日

そのとしは冬の終わりがはやかった。日本全土を誰にもあらがうことを許さぬ編隊を組んで北上する桜の横列が東京を占領してからすでに数日あまりがすぎている。汗ばむほどといわぬまでも、気温は、肉体にとどまらぬ部分にまで寒気をおぼえさせる季節が終わったことをすべての人々に知らしめるほどにはなっていた。

ただし、老人の葬儀がおこなわれたその日だけはいささかの例外事項が存在した。雲は低くたれこめ、空からは、花が散らされてしまうのではないかとおもわれるほどの水素と酸素の化合物が無数に落下していた。昨日まではこの世のあらゆるものをほほえませていた気温も下がり気味で、まことに類型的ではあるが、葬儀の場を訪れた人々に、人の死に似合った情景というものは存在するのだという感想を抱かせた。

衒学的にいえば忘却《レテ》の河をわたってしまった男の長男が葬儀の場へ到着したのは予定よ

り三〇分ほど遅れたあたりだった。何ものぞんでそうしたわけではないが、老人と呼ばれるまでいま少しの位置にある彼は、父親の死をその場でみつめることができなかった。

多忙な彼は、そのとき、旧時代的な意味での日本国内におらず、また、おそらく肉親の生死すらこえているであろう価値を感じている事柄にかかわっていた。ひとはそのことについて内心にいくばくかのわだかまりを抱きつつ彼のことを賞賛したが、本人の胸中は他者ほど複雑なものではなかった。

彼は、息子が親に対して永遠に抱き続ける甘え、あるいは（この場合は父親との）共通認識とでもいうべきものを有しており、おそらく父親は、自分のことを非難しないだろう――それどころか、よくやったと誉めてくれるだろうと信じていた。

彼の父親は人生最後の時期を明確な認識能力を持たぬまま過ごしたが、少なくともその瞬間が訪れるまで、基本的な態度を一度もかえたことがなかった。おそらくは少年のころに自分はこうあるべきだと決めた態度をいかなる不運や苦痛にであってもかえはしなかった。

これが本当の勇気と呼ぶべきものなのだろうと息子はおもっていた。いかなる状況においても、自分の信じる何ごとか――あるいは常識と呼ぶべきかもしれないなにかを維持しつづけるという作業は、どこの誰にも為せるというものではない。もちろん彼も父親に人間としてさまざまな欠点があったことはじゅうぶんに承知している。その矢面に立たされたこともあった。

が、自らが制御できる限界まで内心の常識を維持したという一点において、尊敬に値する人物だと評価していた。

「よかった」

ある機関が都合してくれた車の後席から降りた彼を死者の孫が出迎えた。死者の孫は、普段と違って喪服を着込んでいても、その肩と襟に階級章がつけられているような態度だった。

父親と同様に、やはり老人の死に間に合わなかった彼は、きわめて事務的な口調でいった。

「新宿で北米系過激派のテロ未遂があった。遅刻の連絡があちこちからはいっている。僕の判断で予定を一時間遅らせた」

「母さんは？——ん、ありがとう」彼はたずねた。自分の息子のかたわらに背筋を伸ばして立っていた息子の部下らしい男が傘をさしかけてくれた。

「婆ちゃんと一緒にいる」

「婆ちゃんはどうだ？」

「いつものとおりにみえる。少なくとも態度はいつものとおりだ。気をつけたほうがよいかもしれない。どちらかといえば葬儀の後で」

「妥当な推測だ」

あえて感情を消した顔つきでうなずいた彼は、弔問客の受付で何か面倒がおこっていることに気がついた。自分より一〇歳ほど上かと思われる年齢の男が、困ったような顔をして立っていた。

彼はそこへ歩み寄り、受付の男にたずねた。

「どうしたのだ?」

「こちらの方の御名前が」

彼の顔を知っているらしい受付係が、安堵した表情でこたえた。業務の一環として仕方なくここへやってきたという顔つきの男だ。

「名簿にないのです。あれこれと事件がおこっているおりでもありますし」

辛うじて不快感の表出をおさえた顔つきになって、彼は名簿にない客へふりむき、たずねた。

「たいへん失礼な質問かとおもいますが、お許しください。父をご存じだったのですか?」

「え、ええ」

年老いた男は、これといって特徴のない顔に頼りなげな色を浮かべて応じた。

「おそらく、あなたの父上は、私のことをおぼえておられなかったとは思いますが。でも、私にとっては、ああ、あの」

「ありがとうございます。おそらく、あなたのおいでをこの世ならぬ場所で喜んでいるでしょう」

彼は控えめな笑みを浮かべ、小さくうなずいた。受付係に、反論を許さぬ口調でつたえる。

「君、こちらの方の御席を用意したまえ。最後列などにしてもらっては困るよ」

「しかし、席順は事前に」

「すまないが、私は、君に懇願しているわけではない。正直なところをいえば、だ」

受付係は唇の色をわずかに薄くした後で、彼の指示にしたがった。


当初、一部の人々は老人の死を公的なものとして扱うべきだと主張した。

この人物への評価は難しさがつきまとっていたが、少なくとも、ここ半世紀の日本に彼の行動が影響を与えている点については疑問がなかった。

ある種の人々は、彼がより多くのプラスをもたらしたと信じ、公的な死の行事を主張した。もしかしたら、それをおこなうことによってかつて老人を見捨てた自分たちの罪を忘れ去ろうとしていたのかもしれない。

あちこちに反対者は存在したが、その数十倍は存在した賛成者がそれを黙らせてしまった。

こうして、老人の死を公的なものとするアイデアは動きはじめたが、それは、最後にのこった、ただ一人の反対者によって阻止されてしまった。老人の妻が、いえ、結構でございますとはねつけたのだった。

主人はそのようなことは望んでおりません、彼女はそういった。葬儀は私どもできちんととりおこないます。みなさまが個人として弔ってくださることについてはありがたくもいますが、そうでないものについてはおことわりいたします。

そのとき、のこされた妻の言葉をきかされたのは現実の社会においてそれなりの地位と尊敬を得ていた男たちだった。

にもかかわらず、老人の妻にさからうことはできなかった。はるかな昔におもわれる二〇年前、彼らはこの女性を母のごとく慕っていたことがあった。

また、より生臭い意味でもさからうことができなかった。現在はかなり高い地位についている老人のかつての部下たち――彼らがその地位へ達する過程でなした少なからぬ悪行について、彼女は数多くの証拠を握っていたのだった。

ただ、ひとつだけお願いがございます。

最初の話をことわった後で、彼女はそういった。主人が元気なころによくもうしていた望みについてです。あれを、なんとかしてかなえていただけないでしょうか？

彼女のことばは命令に等しかった。

権力を握っていた男たちは、自らの安全をまもり、同時に、どれほど薄汚れた人間であっても内心の片隅に残っているわずかな良心を満足させるために、その申し出にしたがった。誰も老人の妻のことばを疑いはしなかった。彼女もまた、常識という勇気を抱いた人物であることがひろく知られていた。真に勇気ある者を敵にまわすほど愚かなことはない。

「おい」

弔問に訪れた男が、臨席の友人にたずねた。

「大したもんだな、あの連中は」

「まったく、あのひとの家族らしいよ」

友人は小声でこたえた。

彼らの視線、その先にある老人の遺族たちは、家長の葬儀で悲しみにたえている人々というより、親衛隊の分列行進を閲兵する独裁者一家のようにみえた。

「まぁ、本人が何年もああだったということもあるのだろうが」

友人のことばにはかすかな恐怖があった。

「それにしても堂々としたものだ。いや、恐ろしいような気すらする」

「そりゃ、あの人の家族だもの」

男は、内心に確信を抱いている人間にありがちな、意味を持たぬ問いを発した。

「つまりは、大したひとだったということなのだろうな？」

友人はわずかにくびをかしげ、皮肉以外の何ごとかを感じさせる表情で応じた。

「その質問に、私がこたえる必要はあるまいよ」

第五〇五回国家安全保障会議

ホワイトハウス、一九六二年一〇月二〇日

周囲の者たちを、意表を突いた行動で驚かせることを彼はこのんでいた。三五人めの合衆国大統領としての宣誓を終えてからしばらくのあいだはことにその傾向がつよかった。

ボタンを二つしかそなえていないスーツの上着を着込んだ若き大統領の若き側近たちは、彼がそのような子供じみた行動をとる理由について（当然のことながら）実に好意的な解釈をした。大統領はそれにより、本来ならば彼が直接かかわりを持たないはずの部署に配置された人々の能力を把握しているというのだった。

こうした見解に対し、もっと皮肉な解釈を示すべきであると信じる者もホワイトハウスの一部には存在し、彼らは大統領の行動が一種のリクリエーションであると考えた。ただし、皮肉な見解を示す連中でさえその内心には大統領への敬意があった。ある種のおとなげない行動をとることによって、彼は、ダモクレスと同様の恐怖と重圧を紛らわせようとしているのだ、彼らはそう主張していた。

このような意見に二分されることにより、側近たちは彼らの大統領に対する評価や親近感をふかめた。

しかし、彼らの見解にはひとつの欠陥があった。

たとえば大統領が周囲を驚かせる手段のひとつとして電話をこのんでいること、その電話が俗に黄金色の電話機と呼ばれるものであることを忘却していた。

一九六一年のある日、彼はそれをもちいて、オマハのオファット空軍基地に設けられた半地下式の戦略空軍指揮所へ電話をかけ、電話の当直についていた軍曹の胃潰瘍を一気に悪化させたことがあった。軍曹は、それが鳴るときは世界の終わりが定められた瞬間だと教えられていたのだった。

この事件は、右手で腹をおさえ、左手で通信連絡担当将校直通電話の受話器を握った軍曹が震える声で上官を呼び出したことで、いささか面倒な問題へと発展しかけた。

きまじめな男であった当直将校は、かけられてきた電話の内容を確認する前に最先任の当直将校、つまり、この司令部へつねに一人は配属されている空軍少将へ自動機械のように電話が鳴った事実をつたえた。

少将は軽くうなずくと五段階にわけられている戦略空軍の防衛態勢を現行のデフコン４から３へとあげた。

この命令は全世界の戦略空軍基地へ即座に伝達され、数百機の戦略爆撃機にあわただしく乗員が乗り組み、あちこちの司令部で待機中だった要員が増強され、地上に配置されたタイタンやアトラスと呼ばれる液体燃料型大陸間弾道弾《ICBM》に推進剤と酸化剤の注入が開始されるという結果をもたらした。

本来、デフコン3は司令部要員の増強を意味している。だが、戦略爆撃機や液体燃料型ＩＣＢＭといった準備に手間のかかるシステムを運用する部隊は、貴重なリーディング・タイムとしてそれを認識していた。

ＩＣＢＭを運用する戦略ミサイル大隊にとっては特にそうだった。彼らの扱うタイタンやアトラス――特に後者は、規定どおりに燃料を充填したまま常時待機していた場合、いつ燃料漏れで爆発をおこすかわからない代物である。前者もほめられたものではない。タイタンは、規定では燃料を二ヶ月間充填したままでも安全をたもてるとされていたが、そのような言葉を信じている者は（少なくとも、実際にそれらのＩＣＢＭが配備されているヴァンデンバーグなどの基地には）誰一人として存在しなかった。基地の将兵たちは、事故の恐怖に二四時間さらされるより、ごく一部の〝素性のよい〟ＩＣＢＭ以外、酸化剤と推進剤のタンクを空にしておくことで安全を確保していた。

すべてが悪戯であると判明したのは、少将が警報を発した五分後のことだった。

大統領は邪気のかけらもない声で受話器を受けとった少将に話しかけ、うん、こちらは大統領だが、身体の調子はどうかね、とたずね、呆気にとられた少将が問題ありません、とこたえると、それはよかったといった後に電話を切った。

少将はてもとにあった今日付けの暗号書をめくり、大統領の発した言葉がそこに含まれているかどうかを確認した。彼はその作業を通信連絡担当将校にも手伝わせた。そして電話が切れた数分後、どうやらいまの電話は本当に額面どおりの意味しか持たぬらしいと結論した。

額に青筋を浮かべて立ちあがった少将は、あわててデフコンを4に戻す命令を発した。この五分間のあいだに、すでに数一〇万ドル近い国防予算が消費されており、その影響は世界に向けて波及しつつあった。グリーンランドのトゥーレとアラスカのクリアーに配備された弾道弾早期警戒システム《BMEWS》の大きな耳――定置型地平線超過《OTH》レーダーは何も探知していなかったが、その他のセンサー群は、東ドイツや極東で空中目標の数が急速に増加したことを確認していた。他の諸国でも、特に空軍の行動が活発になっていた。

少将の「すべては誤認」という解除命令は、五分間かけて全世界へ伝達された。

彼は脂汗をたらしつつ指揮所の大型ディスプレイに投影された世界――いたずら電話によって最終戦争へと一歩踏み出してしまった世界が多少はまともな状態へと復帰してゆくさまをみつめつづけた。

五〇年代末からサスペンスやサイエンス・フィクションの一角を占めるようになった最

終戦争ものの小説ならば、ここで何らかの支障が発生し、爆撃機が実際にソヴィエトへ接近し出すのだが、少将の存在している現実はそれよりいくらか堅牢な常識を維持していた。

　多くの者たちが（たとえ彼が軍人であっても）到来しないことを望んでいる瞬間はついに訪れず、爆撃機からは乗員が降り、ミサイルからは（再び規定を無視して）燃料が抜き出された。おそらく、西側世界で突然発生した軍事的緊張に同様の恐怖を抱きつつ対応したのであろう東側世界でも、通常の枠からはみ出た軍事行動の徴候は徐々に消滅していった。

　全身汗まみれになって椅子に座り込んだ少将は、ことの次第について戦略空軍司令官へと報告した。

　電話に出た司令官は、ことの次第にしばらく絶句した後、忘れちまえといった。ただし、偶発戦争防止の貴重な事例として、何人かの専門家には調査させて今後に役立てはする。

「大統領に何か言わなくてもよいのですか？」少将はたずねた。

「何をいっておるんだ」かつて南太平洋で、空軍の前身――陸軍航空隊《AAF》の少佐として彼とともにＰ38ライトニングをあやつった司令官はいった。

「彼は国民の支持を受けている。その割には選挙の得票率がニクソンとたいした差があったわけじゃないが、とにかく、支持を受けている。そんな大統領のチョッキに染みをつくるわけにゃいくまい。だいたいな、彼は毎年のように国防予算を増額してくれているんだぜ」

はぁ、そうですね。少将はそうこたえて電話を切った。

彼は、戦時中は自分のほうが撃墜機数も貰った勲章も多かったのに、戦後になってこれほど（かつての少佐とのあいだに）地位の差がひらいた理由についていささか疑念を持っていたが、いまこそそれを明瞭に理解できた、そうおもった。

それまでの彼は、戦後、焼け野原のトーキョーで出会った日本海軍士官の愛娘と結婚したことが自分の昇進に悪影響を与えているのではないか、そう考えることがあった。彼女の父親はシンガポールの戦犯裁判で実にあやしげな容疑によって処刑された人物だったからだ。

この世の真実、その一端を理解した少将は、汗で皮膚にはりつく下着に気色悪さをおぼえつつ、いまから、今夜のそう遅くない時間の予約が可能な、適当な値段のレストランはあったかな、と思った。

戦争と世間によっていささか汚れてしまったものの、彼は精神の根本においてよきアメリカ人であり、それは同時に、彼が女権拡張論者が忌み嫌うほどのよき夫であることを意味していた。

少将は妻との結婚生活にいささかの疑念を抱いた自分を恥じ、何らかのかたちでそれを贖罪《しよくざい》しようとしたのだった。

ハーマン・カーンがもしそれを知ったならば、彼の得意な「おこりえないことを考える」の題材のひとつとしてとりあげ、おそらくは「悪戯電話戦争」とでも名づけたであろう事件はこのようにして落着した。

第三五代合衆国大統領、ジョン・フィッジェラルド・ケネディのリクリエーションがひきおこした大騒ぎは、軍組織の内部で処理され、外部に漏れることはなかった。

ソヴィエトはこの事件から数日して真実を察知したが、それを政治的に利用しようとはしなかった。おそらくそれは、現実というものが持つあまりのばかばかしさに彼らが呆れはてたから、あるいは、ソヴィエト連邦首相ニキータ・フルシチョフがケネディの行為を理解したから――そのいずれか、あるいは双方だろうと事件を知らされた一部の情報関係者は考えた。王の内心は王以外の者には決して理解できないというわけだった。

一九六二年一〇月二〇日午前九時、ホワイトハウスの大統領執務室《オーヴァル・オフィス》へ呼び集められた大統領にごく近しい者たちも同様の感慨を内心に抱いていた。

ここ一〇日ほど、ひとによっては九月二日のソヴィエト―キューバ軍事援助協定の締結以前からカリヴ海に展開された共産側軍事力の問題にかかわっている者もいたが、それはあくまでも王の側近としての苦悩であり、恐怖だった。

歴史に松明をかかげる男として登場した大統領の内心を把握している者はいなかった。無理もなかった。彼の頭上には、いまにもちぎれそうになった一本の毛髪につりさげられた剣が揺れている。それは、たとえ地下の戦略指揮所に潜り込んだところでかわりはしない。

ケネディは執務室に置かれたデスクに両手を置き、窓の外をみつめていた。顔面はほとんど無表情だった。ここ数日、彼の宿痾《しゅくあ》とでもいうべき腰痛が悪化しており、立っていることすらつらくなっていた。

ケネディにとり、この日はまったくの悪日、その総仕上げとでもいうべき意味あいを持っていた。今日の彼は、ここ一〇日ほどのあいだに高まり続けてきた国際的緊張について、今日中に何らかの決断をくださねばならないからだった。

この年の夏の終わり以来、合衆国は徐々に増大する恐怖に意識を染め上げられつつあった。

キューバと呼ばれる旧スペイン帝国領を民衆の絶大な支持を受けて支配している共産主義者が、ソヴィエトとのあいだに大規模な軍事援助協定を締結したからだ。

モスクワは協定を完全に履行するつもりがあることを行動で示した。協定調印からさほど日のたたぬうちに、さまざまなソヴィエト製兵器がカリヴ海へ流れ込みはじめた。一九五九年のフィデル・カストロによる政権奪取いらい、合衆国にとってキューバとは脇腹に突きつけられた刃の同義語だった。

それがいま、ミンスクやロストフにある兵器工場から送り出された兵器を備えることでさらに危険な存在に変化しようとしていた。少なくとも合衆国にはそうおもわれた。彼らの判断は必ずしも過剰なものとはいえなかった。ロシア人はその島へ、反応弾頭を備えた準中距離弾道弾《MRBM》を持ち込んでいたからだ。

「我々の意見は大きく二つにわかれています」ディーン・ラスク国務長官が大統領の後ろ姿に向けて口をひらいた。

「空爆か侵攻か、です。それ以外の方法では、キューバからロシア人のミサイルを一掃できません」

ケネディは頭をわずかに傾かせ、自分が意見をきいていることを示した。やはり、ディーンはこういう事態には向かないな、とおもっている。

ラスクは知性、能力、品性等々、ケネディ政権の中核ポストをしめるにふさわしい資質をそなえた男だったが、そうであるがゆえに円満な人物でありすぎた。決定者よりも調整者たらんとする姿勢を示すことが多く、現状のような事態ではあまりあてにならなかった。彼は、景気のよい、あるいは明快さにあふれすぎている意見にひきずられる傾向をたぶんに持っているのだった。ことに最近は、国防総省の意見にひきずられることが多かった。

ケネディはたずねた。「大将、君の意見はどうなのだ？」

「自分としては侵攻論のほうが有効であろうと考えています」

統合参謀本部議長、マクスウェル・テーラー大将は応じた。

「空爆は有効ではありますが、単独の手法、国家安全保障を預けきるものとしてはいささか頼りない面があります。以前に空軍参謀長が率直に認めたとおり、目標を一〇〇パーセント中立化できるわけではありません」

「中立化、か」

ケネディは面白そうにつぶやいた。

太平洋戦争における海軍の英雄でありながら、彼は、軍隊のある側面を信頼しきっていなかった。ちなみに中立化とは、最近の軍隊が好んで用いる〝戦争行為ではない作戦行動中におこなわれる破壊〟のことだった。

「ではたずねるが、その中立化を段階的におこなうことはできないものだろうか？　たとえば、キューバ軍のさほど重要ではない目標から潰すというような？　君の持論はそれを可能としていたのではなかったかね」

「柔軟反応戦略はそのようなものではありません、大統領閣下」

テーラーは厳密な定理を説く物理学者のような顔つきで応じた。

「それはあくまでも戦略的レベルにおける決定を現実へより適合させるという意図のものです。どの目標をどのように破壊せよ、とホワイトハウスが直接命令するという意味のものではありません（ロシア人でもそんなことはしないでしょう）。

　現状にそれをあてはめて申しあげるならば、大統領閣下、あなたはキューバに対してこれこれこういう手段、たとえば空爆、侵攻、封鎖のいずれかをおこなえと決定し、命じることはできます。また、政治的な余地を残すため、ここだけは叩くなと制限することも可能です。しかし、ちょっとつっついてみたいだけなんだが、君たちの命を危険にさらしてくれないかね、と兵士たちに命じることはできません。もしその程度のものであるならば、それは何か他にもっと有効な手段が存在していることを意味しているからです。政治の果たすべき役割はそのグレイ・ゾーンの見極めをつけることにあります」

　彼の言葉と発音は明快だったが、結局何をいっているのかわからないところがあった。あるいはそれこそが、アイゼンハウアー政権下で策定された大量報復《オーヴァー・キル》戦略への批判として登場した柔軟反応戦略というものなのかもしれなかった。

「空爆と侵攻、それ以外に解決策はないのか？」

　大統領はつぶやくように発音した。柔軟反応戦略についての疑問を口に出すことはしない。

　それは彼の政権が持つ明るいイメージの一翼を担っているからだった。合衆国もまた、ソヴィエトと似たような意味でスローガンやドクトリンに束縛されている。

「以前に御報告したとおり、他に四つの選択肢が考えられます。何らかの手段をもちいてあの島を封鎖するか、カストロと極秘交渉をおこなうか、ロシア人と直接話すか……何もしないか、です」

そう応じたのはロバート・マクナマラ国防長官だった。めずらしく数字を口にしていない。

「海上及び航空封鎖は可能だと海軍及び空軍は明言しています。すでに演習の名目で、航空母艦八隻を主力とした幾つかの任務群がカリヴ海で行動開始の命令を待っています。ただし、その効果については判断の難しいところがあります。海軍は、ソヴィエト船が封鎖突破をはかった場合、どのレベルまでの阻止行動が許されるのかによって効果がことなるだろうと判断しています。これは空軍も同様です」

「阻止行動？」

ケネディは身体の向きを逆にし、腰をデスクのへりにおしつけるようにしてマクナマラへ注目した。

「つまり、脅かすだけか、射撃してもよいのか、そういうことかね？」

「射撃を無視した場合、破壊してもよいのか、という問題も含まれます。もし阻止行動を制限し、封鎖突破を許した場合、封鎖作戦は失敗に終わるでしょう。また、破壊が許された場合、ソヴィエト船の護衛についているとおもわれる彼らの潜水艦、あるいはキューバから発進してくる航空機との戦闘が発生する可能性が高くなります。これはこれで封鎖の意味を失わせるでしょう。ソヴィエトが対応をエスカレートさせた場合、全面戦争へ拡大するかもしれません」

「君はどの程度まで事態が拡大すると考えているのだ？」

「おたがいに適当な被害を受けたところで理性を取り戻すことができれば、と」

ケネディは床の絨毯に視線を向けた。

以前、マクナマラについてきいたことのある噂話を思い出した。

それはかつて神童と綽名《あだな》された彼がフォード社のフォード部門総支配人だったころの話だった。

マクナマラは、開発、生産、販売のコストがこれこれでおさまり、重量はこれだけの車をつくれと生産部門に命じ、数字でうまった紙を示した。

紙をわたされた生産部門幹部は仰天した。

そこにあるのは数字だけだった。どのような車をどのようにつくるかという概念が存在しなかった。直接的に捉えているかぎり、どれほど入念に計算された結果であってもまったく意味を持たないことをマクナマラは知らなかったのだった。

その点はいまも大した違いはないな、ケネディはそうおもった。

この男には、数字とは現実を説明すべき道具であることがわかっていない。現実を数字に近づけようとしている。もし近づけない場合は、現実が悪いと考えている。だからこそ、適当な被害などという言葉を吐けるのだ。

「つまり」

ケネディは右手で腰をもみながらわずかに伸びをするようにした。顔をしかめる。

「君たちはこういいたいわけだね？　いかなる手段を用いても、それがもたらす結末は予測不可能であると。そういうことだね？」

カストロとの秘密交渉等々の他の選択肢について、彼は質問しなかった。それらはすべて合衆国の負けを認めることにつながるからだった。

カストロの本質がアナーキストであると認識しているロシア人とならば交渉が可能であったかもしれないが、彼らが新たに中距離弾道弾《IRBM》までキューバへ持ち込もうとしている現状ではそれも無益におもえた。ケネディは、フルシチョフからの伝令としてホワイトハウスを訪れていたニコライ・ポリシャコフの本当の任務がただの時間稼ぎにあったことを知っていらい、交渉について否定的な見解を抱いていた。

「的確な要約です」マクジョージ・バンディ補佐官が素早くうなずいた。

「ありがとう」

ケネディはうなずいた。室内にいる高官たちの顔をさっとながめ、欠けている顔があることに気づく。

「ソレンセン君はまだ悪いのかね」

　政務担当補佐官シオドア・ソレンセンのことだった。

「潰瘍がひどく悪化してしまったようです」バンディがこたえた。

「ここしばらく、心労がつづきましたからね」

　ケネディは軽くうなずいた。

　ソレンセンはここに集まっている連中の中ではもっとも穏健に近い意見の持ち主だった。封鎖案が有力なアイデアでなくなってしまった一因は彼が欠けてしまったことが影響していた。側近にそれを強力に押す者がいなければ不確かな部分の多いそれを採用するわけにはいかなかった。

　それに対して、空爆、侵攻案はそれぞれ多数の支持者を抱えている。特に後者は、ゲッパートのような有力議員のうしろだてさえ持っていた。それどころか、穏健な人物とされていたフルブライト上院議員までそれに賛成していた。

　ケネディはいった。

「私はこの職についていらい、あの小さな島に悩まされ続けている。前政権下でCIAの諸君が立案した見事とはいいかねる計画の尻拭いを――」

　ケネディはそこまでいってだまりこみ、両手でつよく腰をおさえた。顔をしかめつついう。

「東南アジアで、フランス人のおかした過誤をとりつくろう前に、あしもとの火を消さねばならぬのかもしれないな」

その場にいた者たちの顔面に緊張がはしった。

ケネディは、高官たちの反応に気づかなかったようにつづけた。

「この問題については本日午後に招集する国家安全保障会議の正式議題として扱い、合衆国の解決策を決定したい」

高官たちが出ていった後、執務室に一人残ったケネディはあいかわらず腰に手をあてたままよろめくように椅子へ歩み、痛みに顔をしかめつつそこへ腰をおろした。左手でデスクの引き出しをあける。

そこには電話があった。

かつて彼は、それを用いてちょっとした悪戯をこころみることが大好きだった。

一　まるで玩具のような

――一九五六年～六一年

「また、太陽がどうやって夏の位置を離れ、蠍座の冬至の変わり目へと向かい、そののち蟹座の夏至の終点へと戻るのかについて、簡明な解釈はなされていない。太陽がその移動に一年を費やす距離をなぜ月が毎月通るように見えるのか、についても同様である。実際、こうした問題については、何一つ明らかになっていないのだ」

――ルクレティウス

1

　昭和三一年七月二七日、屋代幸男《やしろゆきお》は家族の目を盗むようにして店の自転車を持ち出した。小さくまとまったつくりの特徴のない顔には、まだいくらか眠りからさめていない気配がある。

　まだ夜はあけきっていなかったが、内心は着込んでいる学生服のボタンが飛びそうなほどに急《せ》いていた。仙台市内の、東北大農学部からさほど遠からぬ場所にある彼の生家から目的地まで、おそらく三〇キロ以上はあると思われたからだ。ひどく個人的な理由から、彼はそこへ午前一〇時までに到着していなければならなかった。

　おそらく、爽やかさという点では日本のどんな地方も及ばぬであろう大気につつまれた夏の仙台郊外の道を幸男はペダルを着実に踏み込みながら北上していった。

空はいまだに夜がその大半を支配しており、多くの星がきらめきを徐々に減じつつもそこにあった。幸男は今宵の再演で再びあいまみえるまでの別れを、何度か視線を宙に向けることで彼らにつげた。

この春、高校三年生になった彼はいまだに少年としての部分を多く有しており、そうした感傷的な行為を示すことにさほどの恥ずかしさをおぼえなかった。そこにあるきらめきは、いまだ彼にとって現実や現在ではない何かを具象しているのだった。

御所山東側の裾野に沿うようにしてはしる道路には舗装などほどこされていなかった。いちおう、この道路も国道であるはずなのだが、一〇年前の敗北によって三等国へ転落した幸男の祖国には、誰もが満足できるだけの社会資本を整備するだけの余裕はなかった。合衆国の占領は終わり、多くの人々は日毎に戦争の後遺症から抜け出しつつあったけれども、それはあくまでも漸進的なものであり、一夜にしてすべてを実現できるわけではない。

たとえば幸男の父親などは、昭和一九年末に乙種合格で陸軍へ引っ張られた経験を持つだけあって、帝国という呼称を捨てた祖国がこの先どれほどのものになってゆくかについてかなり懐疑的な言葉を漏らすことが少なくなかった。

国は信用できない、彼の父はそう信じていた。

ただし、大企業や国鉄の下級構成員の一部——つまり、自らを労働者と呼称したがる人々が展開する、必ずしも生活の向上のみを求めているわけではない活動には理解を持たなかった。

計数に秀でていたことから、地元の連隊ではなく、満州の要塞砲兵に配属された幸男の父が復員してきたのは祖国が敗北した三年のちのことだった。シベリアで彼は、労働者だの同志だのという言葉を用いたがるやからがどのようにふるまっていたか、嫌になるほど目撃していたのだった。

あの地の果てでは、同胞をロシア人へ売った人間だけが楽なおもいをしていた。理解など示せるはずもなかった。

その点においては、帰還前に収容所で共産党への入党を誓わされ、復員船から祖国へ降り立つと同時にその約束を放り投げて家路についた多くの抑留将兵と同じ、生活者としての健全さを彼は持っていた。

幸男の父親の場合、仙台市内に付き合いの古い得意先をいくつも持つ雑貨卸商を生業としていたことがそうした判断を導いたのかもしれなかった。

幸男は、このような経験や常識を持つ父親からみれば、いささか心配になるほどのよい子だった。

できがよいという意味ではない。

確かに幸男は文化系の成績は高校でもかなりの上位だったが、その他のもの、たとえば父親が得意としていた数学などについては呆れるほど低い成績しかとれなかった。

おそらく、息子さんは理由を考えすぎるのだとおもいますよ。

父兄面談の際に、幸男の担任教諭は父にそういった。

多くの人間にとって、数学とはまず道具でしかなく、学校でもそのような教育しかおこなわれていません。つまり、とにかく公式をおぼえろ、そういうことですね。ところが、幸男君はその公式がどんな理由でできあがっているのか、それを考えてしまう。性格でしょう。自分としては、彼のそうした性格を悪く考えるのではなく、のばしてやることが大事だと思います。

幸い、屋代さんにはいささかの経済的余裕がおありになる。そして幸男君は次男です。彼を文系の私立大学へ進ませることをおすすめします。

もともと文系については（横文字はちょっとあれですが）文句なしの優等生なのだから、たとえば彼が興味を持っていることなどについては、まぁ、余裕のある限り好きにさせてあげるのがよいでしょう。

ほら、軍隊でも、娑婆で何か手に職をつけていた連中には階級に関係なく仕事を任せていたじゃないですか。あれと似たようなもんですよ。

幸男の父親は教師という人種もまた信用しかねる連中だと捉えている男だったが、このときの担任教諭の意見だけはかなり素直に受け入れた。

いや、教師というより、予備将校として陸軍に入り、国後島《くなしり》で辛うじて生き残り、その後三年、モスクワのちかくにある収容所で辛酸をなめた歩兵小隊指揮官の言葉を信用したというべきかもしれなかった。

幸男の父親は、学生あがりの予備士官が往々にして陸軍士官学校出身者よりすぐれた将校としてふるまう場面に何度か居合わせたことがあった。

収容所においても、すべてを失ってしまった陸士出の将校より、おおもとにおいて娑婆の人間である予備士官のほうが人間としての良識を維持していた（もちろん、逆の事例も無数に目撃してはいる。ある集団に所属していたからといって、全員が集団に特有の類型にあてはまっているわけではない）。

父親は担任教諭の忠告を受け入れ、次男（長男はすでに家業を手伝っていた）にこの時代の親としてはいささか余裕のありすぎる態度で自由を許すようになった。夏の早朝、幸男がとりつつある行動は、父のこうした判断によって引き起こされたものといえなくもなかった。

幸男はペダルを踏み込みつつ、親父がこのことを知ったらどうするかな、とおもった。いちおう、書き置きは卓袱台《ちゃぶだい》の上に残しておいたから心配しすぎることはないだろう（少なくとも親父は）。ただ、俺がこんなことをした原因に気づいた場合は、どうだろうか。おそらく殴られるのではあるまいか。うん。

親に対して正直にこの行動の実行とその理由を告げることができなかった自分の意気地のなさについての自覚を巧妙に避けつつ、幸男は帰宅した後に繰り広げられるであろう情景を想像した。それは、どう考えても愉快なものではなかった。

たぶん、いや、まちがいなく殴られるだろうな。痛いだろうな。嫌だな。いっそここで引き返そうか。でもなぁ。やっぱり見物したいものな。滅多にみられるものじゃないんだから。

幸男は額に浮かびはじめた汗を、腰にたくしこんだ手拭でぬぐった。

ああ、どうせなら殴るのは兄貴にしてくれないかな。兄貴なら、適当なところでやめてくれる。親父は——怒るとどうなるのか見当もつかない。普段、あまり怒られたことがないからわからない。お袋が適当なところで止めに入ってくれたらいいのだけれど。ああ、考えるだけで嫌になってくる。

彼の内心は後悔や迷いという形容がなされるものでうまりかけていた。だが、肉体はその影響を受けず、彼を目的地にはこぶべく単純な運動を継続していた。

彼の自転車の前輪が先のとがった小石の上にのりあげたのはその数分後だった。


陸上自衛隊仙台駐屯地を三〇分ほどまえに出発したウェポン・キャリアーの隊列（といってもわずか三輛で、おまけに一台は旧陸軍で使用されていたトヨタKBトラック）は、かなりくたびれたウィリス社製の野戦車に先導されて国道を北上した。目的地では前日から技官や学者、そして整備隊員たちの一団が準備をおこなっており、予定では、彼らが到着した一時間後に実験が開始されることになっていた。

「考えようによっちゃずいぶんと物騒な演習じゃないですかね、少佐殿」

野戦車の狭苦しい後部座席に便乗した新聞記者がたずねた。

「一部じゃあ、反応兵器開発の下準備じゃないか、なんて話も出てますが。実験を扱う部門に技術研究所第8部飛翔体班とわかりにくい名前をつけるから余計にね。結局はミサイルをつくろうということでしょう?」

「あくまでも、防衛技術としてね」

助手席に座っている男──作業服、他の国でいうところの野戦服を着た男がこたえた。

丸い顔に太い眉毛と唇。目は大きい。何というか、日本史上のある人物をおもいおこさせるような雰囲気が彼にはあった。

「まぁ、わざわざ東京から取材にきてくれたただ一人の全国紙記者様だ。粗略に扱おうなどとはゆめおもわんがね」

「ありがたいことで」

「それからね」

「はぁ」

「少佐と呼ぶのはすこしばかり民主的ではないと思うな」

「知ってますよ、原田《はらだ》三佐殿。しかし、このあいだまでの警察正だの保安正だのという呼び方よりはそれらしいでしょう。看板をどう書き換えたところで軍隊は軍隊だ」

「殿、も同様だな。自衛隊は実に民主的な組織なのだ。少なくとも政府はそう断言している。それから、我々は実験に赴くのであって演習をおこなうわけではない」

「知ってますよ。ただね、あんたに似たひとに、いまじゃ二つにわかれた街の大使館であったことがあるような気がしたもので」

「なんたる偶然。それについては御同様だな。僕も、ハーケン・クロイツが垂れ下がっていた街で、ずいぶん好戦的な記事を書く若き新聞記者にあったことがある。確か、ドイツ語は夜学で学んだとかいう苦労人だったたな。徴兵もすませていた。ソ満国境だったと記憶しているが」

「妙だと思ったんですよ、原田さん」新聞記者はいきなりうちとけた口調になった。

「あなたはあたしのことをさほど好いちゃいないと思っていたんだが」

「戦争に負けてから、僕もいろいろと学んだのだ」

「民主主義について？」

「間接的には。より直接的には、終わりつつある戦後、それ以降のこの国での、僕なりの生き方というべきかな」

「いやなんと。我々は気が合いますね。あたしも、記事から翼賛調を抜くのにずいぶんと苦労したくちでしてね。何しろ、坊やの扱いで入社したのが一四年だったたんだから」

「それは苦労だったたな。僕よりもたいへんだったかもしれない。お察しするよ。何はともあれ、こちらの招きに応じてくれたことには感謝している」

「全国版に載るかどうかはわかりませんよ。ウチの連中は、例の、昭和二〇年八月一六日の到来と同時にうまれつきの民主主義者になった奴がほとんどで」

「若いのか年寄を同道するという手段もあったのではないかな？」

「どっちもどっちです。若いのはつむじを左巻きにして喜んでるし、年寄はまぁ、いつだってあんなもんだし。ウチのデスクなぞ、その筆頭でね。それに、二人分の取材費なんぞ出やしない。〝自衛隊、新兵器開発　対ソ戦準備か〟なんて見出しをつけていいのなら別だけれども」

「何ともはや。敗戦とともにさまざまなものが失われたのだな」

「勝てなかったのが悪い、そうおっしゃるつもりで？」

「残念ながら、そう断言できるほどの材料は持たないな。僕は元来——あれは？」

原田は前方を注視した。道路脇を自転車を押した学生が疲れ切った足取りで歩んでいた。

「パンクしたようです」

それまでなかば呆れながら沈黙していた運転席の隊員がこたえた。

原田は陸軍士官学校を卒業した際に家族から贈られたスイス製の腕時計をながめた。それは、ドイツ皇帝ヴィルヘルムⅡ世が海軍士官用に注文した二〇〇〇個のうちの一個、つまり、世界で初めて量産された腕時計の貴重な生き残りだという話だった。ヴェルサイユ条約使節団の一員として渡欧した原田の叔父が、すべての価値感が失われていたドイツを視察したさいに購ったものだ。

「時間にはいささかの余裕がある」原田は独り言のようにいった。

「おい、あの学生の横で停めろ」

新聞記者が冷たいものばかりではない笑いを含んだ声でいった。

「これぞ民主主義の成果」

背後からやってきた自衛隊の車は幸男の傍らで停止した。

「君、どうしたんだ。困っているようだが？　学校へゆく途中かね？」

助手席から声をかけた男にそういわれ、幸男は混乱した。

「いや、あの」

「いって御覧」

「あの、王城寺原《おうじょうじがはら》へ」

「王城寺原？」男は面食らった顔でき返した。

「いったいどうして？　学生さんにはあまり関係のないところのはずだが？」

「ロケットの実験があるんです」幸男はこたえた。

「遠くからでもいいから、それを見学しようと思って」

「学校は？」

「それは、あの」

「ああ、夏休みか」

彼のあやふやな返事をきいて男はすべてを察したようだった。後部座席に乗っていた私服の男が笑い出した。

「おい、一番荷物の少ないカーゴはどれだ」

助手席の男が運転席の隊員にたずねた。

「最後尾は空いているはずです」

「よし」

助手席の男は車を降り、幸男についておいでといった。後ろに並んで停車していたウェポン・キャリアーの最後尾へと彼を連れてゆく。

「おい、この坊やを乗せてやれ。自転車もだ」

男はトラックの運転席にいた隊員に命じた。

「はぁ、わかりました」

運転席の隊員は、上官の行為への疑問を押し殺した兵士に特有の必要以上に機敏な動作で路上に降りたち、車体の背後にまわった。

男がいった。

「王城寺原に着いた後で、パンクは修理してあげる」

彼は幸男の顔をのぞき込むようにしてたずねた。

「変わってるな、君は。ロケットが好きなのか？」

この問いばかりは幸男も迷いをみせずに返答した。

「はい。好きです」

男は大きな声で笑い、そうか、まぁ、公開されてる実験だからね、どこか、邪魔にならないところでみているのならいい。そうだ、新聞の人たちがほかにもくるから、連中と一緒に見物していなさい、といった。

「嫌味のつもりじゃありませんが」

一足先に到着していた地元新聞の記者たちを無視し、あいかわらず原田と行動を共にしている東京の新聞記者がいった。

「王城寺原とは、なんともの凄い名前の場所ですな。あたしじゃなけりゃ、妙な勘ぐりをするところだ」

「験《げん》が悪い、という表現も可能だ」原田は応じた。

「ほぅ、それは？」

「ここが、以前は陸軍の射撃演習場だったことは知っているね？」

「第二師団。強い部隊でしたね」

「日本のどこでも似たようなものだが、ここには、その以前から歴史がある。昔は、〝おうじょう〟といっても大往生のほうの往生寺原だった」

「往生寺？　そりゃ、寺の名前としちゃ何とも直接的だ。直接的すぎてありがたみに欠ける」

「斜め読みした史書から得た知識だがね。伊達政宗の軍勢が、一揆勢を相手に大合戦をおこなった戦場、というか、その中継地点だ」

「一向宗？　じゃないですね、このあたりじゃ」

「だと思う。何でも、秀吉からこのあたりを所領にもらった明智光秀の旧家臣が滅茶苦茶をやって、地侍や農民を怒らせたからららしい。東京の新聞向きの話じゃないか？　体制のもたらす矛盾に耐えかねた労働者が革命的行動をおこしたんだ」

「あたしゃ文芸部じゃないもので、歴史はどうもね。それにしても原田さん。商売のわりには、あんた、ずいぶん容共的だ」

「理解することと賛成することはまったく違う。僕は理解しようとはしているが、心から賛成しているとはいえない。何というか、雪の日に発生した叛乱について弁明をした連中の言い草のようではあるが」

「やっぱりね。ところで、あんたは指揮官じゃないみたいですね、この実験の」

「ああ。僕は指揮官じゃない。以前に、ちょっと大きなロケットを外地で見物したことがあるのでね。他の何も知らぬ奴輩よりはましだろうということで雑用係をおしつけられたのだ。正直いって面倒だよ。何しろ、このあいだまでは北富士演習場の騒ぎにかかずらっていたからな」

「白々しい。演習場反対闘争にかかわっていた連中は、あんたのことをほめてましたよ。意見の違いをのぞけば、という但し書きつきで。それに」

　新聞記者は人の悪い笑みを浮かべた。

「聞いてますよ。あんた、来年には航空隊、じゃなくて航空自衛隊に移るんでしょう？　おとしできたばかりの新日本空軍は優秀な人材を——将来の装備体系について見識を持つ人材を選んだというわけだ」

「ジェット戦闘機を外国からめぐんでもらった金でようやく手に入れた空軍だ。少なくとも、去年の末までは練習機しかなかった。まずは飛行機だ。ロケットはあくまでも実験にすぎない。おそらく、二一世紀に備えてのね。君も僕も灰になった後の話だ」

「国家百年の大計、というところですか」

「そんなこと、僕は口にしていないが」

「いいんですよ。あたしも、ネタにするつもりはありません。下卑ているのは頭と口だけにしときたいものでね。それに、軍隊は嫌いだが、日の丸のほうは残りの部分も赤く塗りつぶしたいほど嫌いなわけじゃない。あんたが、負けいくさや追放解除の後も制服がそれほど嫌いじゃないのと同じようなものです」

「君が代はどうだ？」

「場合によりけりです。民主的でしょ？」

二人の男は屈託のない笑い声をあげた。

「あの人が実験の指揮官ですか？」

新聞記者は、立派とはいえない計測装置が設置された天幕の下で指示をくだしている若い男を指さした。

「指揮官というわけじゃないが、責任者の一人だな、娑婆の人だ」

「東大ですかね？　それだったらウチのデスクの同窓なんだが」

「いや、企業の人だ。プリンスだとおもう」

「へぇ。自動車会社がねぇ」

「裾野が大事さ、産業の育成には」

「傾斜生産への批判ですか？」

「いや、単なる私的な理想論だ」

「まぁいいや。話はきけますかね？」

「ああ。この実験が純粋に防衛目的のもの――いや、現状では平和目的のものであることを説明してくれるはずだ。暇になった後でなら」


車に乗せてくれた指揮官らしい男は、射撃演習場に到着すると、手近にいた暇そうな隊員をつかまえ、幸男の世話を頼んだ。

偉い人だったのかな、と幸男はおもった。

命令を受けた隊員は、自転車はどこだい坊主、とたずねると幸男がこたえきらぬうちにそれをウェポン・キャリアーの荷台から降ろし、他の隊員にパンクの修理を命じた。彼はその後で幸男をロケットのそばへ連れていった。

「妙なものが好きなんだな、坊主」と、彼を連れた隊員はいった。

「だが、あんまり期待していると、肩すかしをくらうぞ。ほら、あれだ。我が自衛隊初のロケット、タンゴ・マイク・アルファ・ゼロ、ＴＭＡ―０だよ」

幸男がそれをみて落胆しなかったといえば嘘になる。

おそらく専用のものではない架台、どうにか角度変更ができるだけの発射レールに横たえられたロケットはあまりに小さかった。

ただ、おそらく一五〇センチもないとおもわれるロケットのスタイルそのものだけが、ひどく魅力的なものに感じられた。全体は白と赤にぬりわけられ、あちこちに継ぎ目がみえ、これが現実の存在であることを主張していた。

幸男は、この小さなロケットの後部が継ぎ足されたものであること、分離されるようになっていることに気づいた。ロケットの真ん中より少し後方と、後尾――エンジンと呼ぶのはどうかと思われるほど小さな噴射口の手前には、ひどく角張った形状の小さな翼が四枚ずつつけられていた。

「あれを思いつくまでに、ずいぶん時間がかかったそうだぜ。あの小さな翼をつけないと、飛び上がってもふらふらしてどこに落ちるかわからない」

案内してくれた隊員がいった。

「へぇ」

幸男は素直に感心した表情で安定翼をみつめた。彼の物理に関する知識はひどく限られたもの、たとえば、父親が「自由にさせる」ことのひとつとして彼に許しているサイエンティフィック・アメリカン日本版の定期購読によって得られたものだったから、いわれたことにそれほどの疑問は持たなかった。

「そういえば、ドイツのV2にもあんな翼がついてました」

幸男はいった。

「あれとおんなじようなものですよね？」

「V2ね」

隊員は呆れたようにいった。

「よく知っとるな。隊員でも、知らん奴のほうが多いのに」

「いや」

幸男は照れながらもごもごとこたえた。

「本でみたことがあるだけです。でも、そういえば――なんで、アメリカのアトラスなんかにはついていないんだろう」

「こりゃ、釈迦に何とかだったかな」隊員は笑い出した。

「坊主、おまえさん、俺よりよほどくわしいみたいだな」

「安定翼さえつければまっすぐ飛ぶというものではないからだ」

突然、二人の会話に割り込んできた声がいった。

「え？」

幸男は割り込んできた男をみた。

背の低い、太った男だった。

襟元の黒く汚れた開襟の白シャツ、あちこちに泥や煙草の焦げ目がついた折り目すらさだかならぬズボン、そしてゲートルに地下足袋というなりだった。幸男が幼いころによくみかけた闇屋ですらもう少しまともな服装をしていた（いや、この場合は、闇屋だからこそ、かもしれないが）。

「君」

太った男は汗の浮いた顔面を幸男に向けてたずねた。

「安定翼はどうして安定という役割を果たせると思う？」

「さぁ」

幸男は困ったような顔をした。

「高校の物理でも教えているはずだぞ」太った男はいった。

「ひらたくいえば、それは空気があるからだ。それだけではない。大きな速度で空気にぶつかっているからこそ、あの小さな翼で安定を生み出せる。しかし、ロケットの発射時──尻から火を吐きだしたときはどうだ？　どれだけの速度がある？」

「ゆっくりしています」

幸男は口ごもりつつもこたえた。

「つまり、こうやって」

太った男は両手を左右につき出した。足をまげ、彼に可能な限り飛び上がってみせる。

「いる、のと、かわらない。何の役にもたたたん。かえって邪魔だ。まぁ、ベビーの」

「ベビー？」

「TMA―0は東大のベビーを手直ししたやつだ。部分的にはまともになっとるが、大してかわりはしない――ああ、何の話をしたんだっけな。そうだ、とにかく、こいつの場合は加速がはやいし、最初はあの発射架台にのっているから、発射時の安定は大した問題にならない」

太った男は腰にさげていた手拭いをとり、顔面の汗を拭いた。

「しかし、アメ公や露助の大きなロケットはそうもいかん」

彼は呆れるほどの歪んだナショナリズムを隠しもせずにいった。

「どうしたって、火をいれた直後の加速はゆっくりしたものになる。重いし、ロケットの構造材の問題もある。そのために、ほかの方法で初期の安定をえることになる。回転だ」

「回転で安定するのですか？」

「銃にきってある線条と同じだ。わからんか？　独楽を思い浮かべてみてもいい。ある程度の勢いで回っている限り、あれはふらふらせんだろう？　まぁ、その理屈はロケットにじゅうぶん速度がついた後でも別のかたちで使えるんだが。アトラスでやっている側方への制御ジェットの噴射という手もある」

「へぇ」

幸男は感心したようにうなずいた。

「学生」

太った男がいきなりたずねた。

「君は、ロケットに興味があるのか？」

「あります」

この質問にばかりは幸男も迷わなかった。内心で、同じことを何度もたずねられる日だなぁ、とおもっている。

「数学と物理はどうだ？」

「いや、あの」

「ふん、駄目か」

太った男は莫迦にしたように鼻を鳴らした。

「ならば、せいいっぱい自分のできることをやって、一円でも多く税金をふんだくられる身分になることだな。いや、俺がつとめている会社の品物を買ってくれるのでもいい」

「どうしてですか？」

「税金が増えれば、こっちの予算も増える。そうなれば、俺が君のかわりに立派なロケットを打ち上げてやるよ」

「誰でも乗れるようなのを？」

「宇宙に夢を求めるという考え方は好きじゃない」

男は吐き捨てるようにいった。だが、彼の内心はその正反対であるようだった。彼の両目には、薬物中毒者のような光があった。

「しかし、つくれないはずはない。やるさ、いつかやってやる。君を宇宙へつれてってやる。そのために、働いて金をもうけてくれ。いや、妙な反対をしないだけでもいい。人並みに税金を納め、俺のやることを眺めているだけだっていい。そうしてくれるなら、俺は、何でもやってみせる。もし君にロケットへ乗るだけの金がなければ、みているだけで小便もらしそうになるやつをつくってみせる」

醜男と表現してよい男はそう断言した。

「本当に？」

「俺は法螺《ほら》は吹くが嘘はつかん。考えてもみろ。人間は何のために生まれたんだ？　この、たかだか半径六五〇〇キロのゴミのような惑星でくたばるためか？　違う。絶対に違う。少なくとも、俺はそれを認めない。人間は、この空の上にある世界を引っかき回して遊ぶために生まれたんだ」

幸男は太った男を呆れたようにみつめた。

「いやはや」

幸男たちの会話（というべきかどうか）を背後できいていた新聞記者がため息をもらした。

「大変なひとですな。ありゃ、夢だのイデオロギーだのといった段階をとおりこしている」

「あれで、まだ三〇のあたまなんだ。だが、さっきのプリンスからきた人よりよほど立場は上だ」

原田はこたえた。

「北大を出て、戦時中は海軍の嘱託だった」

「空技廠ですか？」

「ああ。そのころから、ロケット一本だ。何年かまえ、軍の技術将校出身者がまともな仕事につけないでいた時期に北重へ潜り込み、その手の開発部門をまかされたらしい」

「北重？　北崎重工ですか？」

「わかるだろう？　あそこの社長は能力主義者だという話だ。日本的なやりかたじゃないが、伝統と習慣は必ずしも正解と真実を意味しない」

「あたしゃ、あの社長が追放されなかったことのほうが不思議ですよ。国際派の仮面をかぶったとんでもない国粋主義者だという話ですからね。まぁ、占領政策にかかわったニューディーラーの残党とプリンストンで同期だったというから、あれだけれども」

原田は話題をきりかえた。

「君はロケットそのものにはあまり興味はないようだね？」

「仕方ないでしょ、あれじゃ、写真をのせたらかえって読者ががっくりきちまう。まるで」

「まるで？」

「そう、まるで玩具のようだ」

「玩具ね」

原田はため息のようなものをついた。

「確かにそうともいえるな」

彼はTMA—0をみつめた。

あらためて考えるまでもなく、ひどく小さなロケットだった。ブースターが追加され、小さいながらも多段式となったことで到達高度がのび、貧相とはいえテレメトリ・システムも搭載されたから、計測されるデータはペンシルのころよりよほど増加している。少なくとも、ペンシル・ロケットのように、水平発射し、一定の間隔をあけて配置された紙を突き破らせてデータをとる必要はない。

原田は小さなロケットをみつめながら思考をめぐらせた。

確かに、合衆国やソヴィエトが人工衛星を打ち上げるべく（あるいは、世界を焼き尽くすべく）開発しているそれとくらべるならば、玩具——いや、それ以下だろう。

おそらくは、ロバート・ゴダードがおこなっていた実験ほどの意味もないのではあるまいか。効率的に、より大きな力を発揮可能な燃料（推進剤と酸化剤）は液体だ。ゴダードが先駆者として味わった苦労のひとつは、扱いの難しいそれに挑戦した点だ。

これに対して、TMA—0は固体燃料だ。

無駄だとはいえない（いや、固体燃料ロケットそのものの開発には大いに意義がある）にしても、これから先、より高みをめざす時期が到来したならば、どうだろう。

もしかしたら、固体燃料でもってロケットを飛ばしはじめたという原点は、大きなマイナスになるのではないか。

いまはコングリーヴの時代ではない。そして自衛隊は、直接的な兵器開発を目的としてこの実験にかかわっているわけでもない（将来における何かにつなげようとしていることは確かだが）。予算はたかがしれている。

はたして、そのような状況で固体燃料ロケットに金を使いつづけることが正しいといえるのだろうか。

もちろん、原田にも、なぜ固体燃料が選択されたか、よくわかっていた。

敗戦後、合衆国によって航空産業をねこそぎにされた日本には、構造の面倒な液体燃料ロケットを製作するだけの設備が存在しない。

研究者や技術者がいないわけではない。事実、戦時中、軍で研究にあたっていたものはかなりの数にのぼる。

しかし、彼らだけでロケットを開発することはできない。設備と、そして何より資金がいる。液体燃料のほうが性能面で優れていることを知りつつ、構造の簡単な固体燃料ロケットを開発した理由はそれだ。

燃料じたいの開発問題も影響している。

TMA—0は戦時中に実戦投入された有人飛行爆弾〝桜花〟のそれにもとづいて開発された固体燃料を使用していた。それならば、戦時中にとられたデータを参照して手直ししてゆけばよい——つまり、開発費がやすくあがるからだ。

やはり玩具なのかな、と原田はおもった。

自分がかつてみたことのあるロケットとくらべてさえそうだ。

ううん。いやいや、悪く考えるばかりではいけない。何ごとも順番だ。幼児が階段をとばして二階へ上がることはできない。まず、歩くことをおぼえねばならない。それとも這い方からか？

「どうしたんですか？」

原田の沈黙が複雑なものであることに気づいた新聞記者がたずねた。

「なに、大したことではない」

原田はそういって笑みを浮かべた。厳しい印象を与える顔に、まったくことなる、男女のいずれにも魅力として感じられる何かが浮かんだ。

「ただ、我々はイタリアの天才発明家ほど夢の実現を待たなくてもよいのではないか、そうおもっただけだ。彼は自分の夢を模型やスケッチにすることで歴史に名を残した。小さいながらも実物を扱っている我々はまだ幸せだろう」

「やはりあんたは、天性の楽天家ですな。いささか内向的だが。ところであんた、絵が描けるんですか？」

「描ける」

原田は断言した。

「頭の中になら、いくらでもね」

それから数ヶ月のあいだに、この演習場では合計九回の発射実験がおこなわれた。実験そのものは成功だったが、研究は継続されなかった。

自衛隊がロケットにかかわることについて、国民に非難されたからではない（事実、実験は公開されていたにもかかわらず、国民からほとんど注目されていなかった）。

おもに予算の問題と、省庁の縄張り争い（つまり東大ロケットを握る文部省との争いに防衛庁が負けた）、そして合衆国の軍部から「非公式」につたえられた懸念によるものだった。

しかし、防衛庁はそれらのいずれもが原因であることを認めなかった。彼らは、国民の理解を得られぬことを理由とし、当面のあいだ、ロケット研究への直接的関与を中止すると発表した。

2

一九五七年五月のある日、アラル海の北東約五〇〇キロに存在する荒れ地に建てられた簡素なつくりの家の扉が叩かれた。

朝餉《あさげ》の用意を整えていたその家の母親は、扉を叩く音をきいて無意識のうちに背筋をふるわせた。条件反射というべきだろう。

いまだ少女に近い年齢のころ、そして、夫と出会った後にもう一度、彼女はスターリンによる大粛清を体験していた。

ある日突然、リムジンと軍用車に乗った男たちが家を訪れ、その家の主人、あるいはすべての人々を連れ去ってしまう。隣家の人々は、彼らが存在していたことすら忘れ去ろうとする。特に大人は、どんなときでさえそれを思いだそうとはしない。

もちろんそれは、いまや記憶の中にだけ残された情景だった。

ニキータ・フルシチョフが実質的な権力を握り、明年には名実ともに支配者の座につこうとしている現在、よほどのことがない限り一家がまるごと消えはしない。もちろん、反革命的な活動をおこなった場合はそのかぎりではないが。

母親は軽く胸に手をあてて息を整えた。

心配するようなことは何もない。

自分にも、自分の家族にもうしろぐらい部分はまったくない。

それどころか、私の夫は祖国の栄光を担っている人物なのだ。そうでなければ、モスクワ郊外を八号線沿いに進んだ場所に、自分の名が冠された設計局を持てるはずがない。

扉の向こうには、背の高い、顔立ちの整った空軍将校が立っていた。彼女に向けて敬礼し、同時に朗らかな笑みを浮かべる。

彼の態度は、母親にかつてトラックで訪れた(いまはKGBと名を変えた)NKVDの男たちを思い出させた。どういうつもりかわからないが、あの秘密警察《チェーカー》の男たちは、階級が高ければ高いほど態度が慇懃だった。

彼女は、目の前にいる男がどのような車に乗ってきたのか確かめずにはおられなかった。もしこの男が外にトラックを待たせていたならば……

「おはようございます奥様。素晴らしい日にふさわしい晴天ですよ」

将校はほほえみながら語りかけた。

「同志主任設計官はおめざめでしょうか?」

彼は、自分が迎えにきた要人の妻がなぜ、しきりに外の様子を気にするのか不思議におもった。

もしかしたら出迎えに不満を感じているのかもしれないな、と彼はおもった。ならば、これからはもっと規模を大きくした——ソヴィエト連邦宇宙機主任設計官にふさわしい派手なものに変えねばなるまい。だが妙だな。主任設計官は私的な部分での極端な特別扱いを嫌う人だという話だが。

「すぐに参りますぞ」

家の奥、おそらく寝室かとおもわれるほうから主人の大声がきこえた。声の調子から、彼がめざめてからかなりの時間がたっていることがわかった。

将校は、もしかしたら、あのひとは一睡もできなかったのではあるまいか、とおもった。責任者というのは大変なものだ。下のものに無用のプレッシャーをかけぬよう、無理をして家に帰ったというのに、自分へのプレッシャーはどうしようもなかったということか。

無理もないことかもしれない。これからくりひろげられる情景は、あの大祖国戦争《ワールド・ウォーII》が触媒となって始まった新たな戦争の、誰の目にもあきらかな最初の砲声なのだ。

一九四五年一月の終わり、第三帝国最後の日々においてもっとも重大な私的決断がなされた。

バルト海岸沿いのペーネミュンデに置かれていた、もっとも先進的な弾道飛翔体（あるいは誘導兵器）開発機関北方試験兵団を実質的に支配していたウェルナー・フォン・ブラウン博士（ブラウン男爵位第一位継承者）が、多数の同僚とともに、戦後、合衆国へ身をよせることを決定したのだった。

戦場となったドイツ本土を、冒険小説のごとき危地をくぐりぬけて横断した彼らは、五月二日早朝、チロル地方有数のスキーリゾートとして知られるバイエルン州オーベルヨッホで合衆国第6軍集団第7軍に所属する第44歩兵師団に保護をもとめた。

ニューヨーク及びニュージャージー州兵部隊を母体としたこの師団の司令官ウィリアム・F・ディーン少将は当初この奇妙な集団の取り扱いに迷いをみせたが、師団の指揮統率機構をつうじて彼のもとへ届いた報告を知ると同時に態度をかえ、ドイツ人たちを丁重に扱うよう命じ、同時に上級司令部へと報告した。彼らが最初おもわれたような〝妙に態度の大きいドイツ民間人の集団〟などではないことが判明したからだった。

　彼らは、一九四四年九月以降、それまでの比較的低速な報復兵器《V》1号──すなわち迎撃が比較的容易だったパルス・ジェット推進飛行爆弾フィーゼラーFi103〈キルシュケルン〉──とともにロンドン、パリ、アムステルダム等を襲うようになった液体燃料型準中距離弾道弾、集合体《A》4号の開発チームだった。

　アドルフ・ヒトラーが報復兵器2号、つまりV2と呼んだ兵器について、連合国は過大ともいえる評価をおこなっていた（ちなみに、開発チームもドイツ国防軍《ヴェアマハト》も総統の名づけた下品な名称を嫌っており、A4としか呼ばなかった。この点はV1も同様で、常にFi103と呼ばれた）。

　V2の実態は、ミスディスタンスのきわめて大きな、その割に生産と運用にひどく手間のかかる一トン爆弾にすぎなかった。

　事実、最盛期でさえ、ロンドンに到達したV2の数は平均して一日あたり一〇発をこえていない。おそらく、敗色おおいがたいドイツにとっては、同時期に開発していた〈ヴェッサーファル〉、〈ライントホター〉、〈ルールシュタールX1〉といった地対空ミサイルへ資源と人材を投資していたほうがまだしもだっただろう。

しかし、連合国、特に合衆国は、この兵器がさらに発達した場合の恐怖をおもい描き、それを開発した人々をおそれていた（ただし、彼らの恐怖はV2が当時の技術ではほぼ迎撃不能な兵器であったという現実の影響を受けている）。

第6軍集団司令部は、ロケット技術者集団保護を知らせる情報をパリの連合国最高司令部へつたえた。返答はただちにつたえられた。彼らを絶対に手放すな。専門家をすぐに送る。

〝専門家〟とは、一九四四年いらい活動してきた物理学者、軍人、技術者の集団のことだった。当初、ドイツにおける反応兵器研究を、施設の占領、人材確保、諜報員の報告等々から探るために活動していた彼らは、第三帝国の崩壊速度にあわせてその活動範囲をひろげ、ドイツの先進科学技術をねこそぎかき集める作戦を展開していた。

最終的に〈ペーパークリップ〉計画と呼ばれたそれは、要員を進撃する部隊の先陣につきそわせて行動させる（つまり、ドイツ人に焼却や破壊の時間を与えない）ことすら実施しつつ、戦後の世界で必要となるであろうものすべてに狙いをつけていた。フォン・ブラウンと彼の科学者集団は、この当時〈ヘルメス〉計画と呼ばれていた〈ペーパークリップ〉にとり、逃すことのできない獲物だった。

すでに、英国が〈バックファイア〉作戦、ソヴィエトが〈オサヴァキン〉作戦と名づけた行動をおこし、彼らをねらっているという情報が入っていた。連合国同士でありながら彼らはすでに戦後をにらんだ競争に突入していた。

ゲッティンゲンとライプツィヒのあいだをはしるハルツ山脈の、打ち捨てられた坑道を利用した地下工場がそのよい例だった。

V2主要部品及びジェット・エンジン等の主力工場《ミッテルヴェルケ》となっていたそこは、合衆国、英国、ソヴィエトの順に戦利品回収部隊が訪れ、ありとあらゆるものを持ち去った。

合衆国はそこから二五〇基のV2と関連設備を持ち出した。英国は一五〇基のV2（ただし、まともなものは半数ていど）を入手した。もっとも遅れたソヴィエトの場合、まともな完成品はほとんど手に入れられなかったほどだった。

フォン・ブラウンの望んでいたほどのものではなかったにしろ、合衆国が彼らの重要性をみとめた背景にはこうした現実が存在していた。

合衆国陸軍と契約を結んだフォン・ブラウンと一〇〇名をこえる専門家たちは、大西洋をこえ、テキサス州フォート・ブリス陸軍基地へ送り込まれ、新たなロケット研究を開始した。同時に、ミッテルヴェルケから持ち出されたV2も、ニュー・メキシコ州ホワイト・サンズ試射場へ持ち込まれ、発射実験がおこなわれることになった。

ただし、新天地での扱いは〝望んでいたほどのものではない〟どころではなかった。

当初、合衆国陸軍は彼らをほとんど戦時捕虜のように扱い、その信頼性に多大の疑問を示しつづけた。

研究にしたところで、捕獲されたV2を合衆国の科学者に説明するといったものだった。合衆国は、ドイツから獲得したこの頭脳集団に何をおこなわせるべきか明確な方針を持っていなかった。

また、彼らの存在は、これまでのところまともな成果をあげていない合衆国のロケット研究者たちからも快くおもわれていなかった。

けっきょくのところ、一九四五年から五一年までの六年間、彼らはほとんど飼い殺しの状態に置かれた。ホワイト・サンズでは捕獲兵器《CEE》ナンバーの割り振られたV2の試射とデータ収集がつづけられ、それはやがてV2を第二段として使用する二段式ロケット、WACコーポラルの実験――〈ヴァンパー〉計画と呼称された――に進んだが、基礎データの蓄積という以外に、ほとんど意味を持たなかった。たとえどれほど技術が優れていても、それによって何を実現するかというヴィジョンが存在しなければ、まともな成果があがるはずもないからだ。

一方、連合国に含まれるもうひとつの大国――ソヴィエトの対応は合衆国とまったく対照的だった。

グルジア人独裁者に支配されたロシア人たちは、ドイツが科学技術の先進性という点で自分たちをはるかにしのいでいることを痛いほど承知していた。その技術は、戦勝によってえられた他のすべての果実と同様に、大戦後の世界でソヴィエトの優位を確保するために用いられねばならなかった。

　彼らは、容共的信条ゆえに（あるいはただの好き嫌いから）フォン・ブラウンにしたがわなかったV2計画の主要研究者ヘルムート・グルートルップを雇い入れ、研究を再開させた。

　ロシア人は完成品のV2をほとんど手に入れられなかったけれども、彼らの手元にはソヴィエト占領地区となったドイツ各地からかき集められた一〇〇〇基ぶんをこえるV2の部品、試作ロケット、そして各地に散っていたペーネミュンデの各級技術者が存在していた。赤い支配者はそのすべてをミッテルヴェルケの近くにつくられた新たな施設へ結集、ナチス・ドイツのすすめていた研究の、もっとも直接的な意味での継承者となった。

　当初、グルートルップをはじめとする技術者集団の仕事はフォン・ブラウンが合衆国でおこなっていたそれと大差なかった。

　が、やがてロシア人が本国での研究体制を整えると同時に、ドイツからモスクワ近郊の研究施設へと強制連行された。当初ロシア人は「祖国で研究させる」と約束することで人材を集めた。しかし、ひとたびおさえてしまえばこっちのもの、約束など気にかける必要はないからだ。というより、彼らには約束をまもるつもりなど毛頭なかった。最初から、ドイツの知性と技術を偉大な祖国《ロージナ》へと拉致する計画だったのである。

ロケット技術を軍事的優位に利用しようという明確な意志を抱いていたロシア人は、当初から彼らの頭脳と知識を徹底的に利用した。

後に西側で〝宇宙機主任設計官〟という呼び名でのみ知られる（つまりソヴィエト政権が名を伏せた）ようになったセルゲイ・パヴロヴィッチ・コロリョフを中心としたロシア側開発チーム――後のコロリョフ設計局は、自分たちのぶつかった難問をドイツ人に解決せよと命じ、そして解答を手に入れていった。

コロリョフこそ、ソヴィエトにおけるフォン・ブラウンというべき人物だった。

一九〇七年末、ウクライナのジトミールにうまれた彼は、物理への才能をはやくから示し、やがてバウマン高等技術学校へ進んだ。ロケット、そして宇宙へ彼が傾斜したのは、卒業後、コンスタンティン・ツィオルコフスキーに出会ったことが原因だった。

一九四五年以降の中国人と同様に、ありとあらゆる技術的成果は、自国で最初に開発されたと主張したがる癖をロシア人は持っている。それはたいていの場合あやしげな根拠しか持たないが、こと宇宙飛行に関する限り、まったくの真実だった。

ツィオルコフスキーは、その後の宇宙飛行技術の理論的基礎をほとんど独力で築き上げた偉大な科学者兼啓蒙家だった。

コロリョフは、晩年にさしかかっていたツィオルコフスキーと彼の示したアイデアに魅せられ、それを急速に吸収していった。

一九三五年にツィオルコフスキーが死んだ後、彼はソヴィエトでも一、二をあらそう宇宙飛行――ロケット開発の専門家になっていた。ソヴィエトが科学技術を重視する国柄であり、また、陸軍が火砲の延長としてロケット兵器に目をつけていたことも彼に幸いした。

しかし、順風満帆におもわれた彼の人生は、一九三七年になって表面化した新たな粛清によって危機を迎える。スターリンが、徐々に勢力を強めつつある軍部を支配下におさめるべくしかけたそれが、彼の身にも災いをもたらしたのだった。

トハチェフスキー事件として知られるこの粛清は、まずソヴィエト側から軍部の（おそらく虚偽の）反スターリン陰謀がドイツに漏らされることからはじまった。親衛隊保安諜報部《RSHA》長官ラインハルト・ハイドリヒはそれを真に受け、スターリンが望んでいたとおりの偽造文書（ソヴィエト将校団とドイツ将校団が手を組んだスターリン打倒計画）をでっちあげ、それをNKVDへとおくりかえした。

ハイドリヒは、これによってソヴィエト将校団が粛清され、優秀な指揮官を多数失えば、将来の戦争でドイツが優位にたてる――そして、自分のナチ党における地位も上昇すると考えていた。

一方、スターリンの側からみるならば、ハイドリヒの反応は諜報工作の完全な成功だった。

早晩、ドイツと戦わねばならぬと考えていた彼は、その時にそなえ、自分の命令を素直にきき入れそうもない高級将校たちを抹殺しようと考えていた。トハチェフスキーは実際にスターリン――共産党打倒を企てていた節があるから、彼の判断は独裁者特有の疑心暗鬼とばかりはいえない。ある意味で、粛清はトハチェフスキーが本当に計画していたクーデターに先手を打つための予防戦争的な性格を持っていたのだった。

しかしながら、スターリンが軍部を相手にしかけた予防戦争は、あまりにも強烈なものだった。

粛清は一九三七年六月一一日、タス通信がトハチェフスキー元帥をはじめとする八名の将軍が銃殺に処されたことをつたえたことで表面化した。

ひとたび理由をつけてしまえば、後は簡単だった。それから一年かけて、共産主義者たちは三五〇〇〇人以上の将校を片づけた（これは、当時の将校の半数にあたる数である）。これはおそらくスターリンの予想を上回る数だった。

が、彼には殺戮を中止する意志はなかった。自分の意志を杓子定規に解釈しすぎたNKVDの男たちはそれをきき入れそうにもなかったし、一度に面倒の種が消えるならば、それはそれでよいか、とも思えたからだった。

ロケット兵器を通じて軍部ともつながりのあったコロリョフにわざわいがおよんだのは一九三八年のことだった。

ある日の朝、リムジンと軍用トラックに乗った男たちが彼の家を訪れ、簡単な尋問の後、彼を強制収容所へと放り込んだ。

彼は、それから六年間をそこで過ごし、四四年に（おそらくドイツのV2実用化の影響で）いちおう釈放されたときは、健康をひどく害していた。

しかしながら、その後のコロリョフは自らの健康をほとんどかえりみることなく、中断を余儀なくされていたロケット開発の道を突き進んでいった。

ソヴィエトは五年におよぶドイツとの戦争——特に、四四年までのあいだに国土の主要部が破壊しつくされたこと、あまりに多くの国民が死亡したこと、そして大戦中に彼らを生きながらえさせる原因となった合衆国と英国の物資援助がドイツ敗北によって突然途絶えたことなどから、国家経済が完全に破綻していた。

しかし、コロリョフの研究にはほとんど影響がなかった。

何といってもソヴィエトは勝者であり、これからも、勝利をおさめつづけねばならなかった。あらたな敵、資本主義諸国との闘争はすでに開始されていた。

スターリンは、反応兵器をすでに保有している合衆国こそが主敵であるとおもいさだめていた。その合衆国に対して優位を獲得するには、反応兵器とそれを彼らの本土へと運び込む運搬手段——つまりロケットが不可欠だった。

当初、とどこおりがちであったコロリョフの研究は、ドイツから得られた人材と技術により急速に進展した。コロリョフとその開発チームが最初に実用化した準中距離弾道弾R—5はV2の改良型で、外見はその原型とほとんど見分けがつかなかった（もっともそれは、スターリンの〝どにかく真似をしろ〟という命令の影響を受けていた）。

出迎えのリムジンに乗り込んだコロリョフ宇宙機主任設計官は、助手席の将校にほとんど抑揚のない声でたずねた。

「同志大尉。何か、問題はありましたかな？」

「自分の知る限り重大なものはありませんでした、同志主任設計官」

将校はこたえた。声の調子から、やはりこのひとは一晩中起きていたのだな、と確信した。

「推進剤注入装置にいささかの劣化が発見されたようですが、二時間ほどで不安定な部品は交換されました。あなたの息子たちは、みな、仕事熱心な――」

「どちら側だろうか？」

将校のことばを途中でさえぎって、コロリョフがたずねた。

「はい？」

「発射塔か、それとも、それ以外で問題がおきたのか、ということです」

「ああ」

コロリョフの声にある切迫した調子に驚きをおぼえつつ将校はこたえた。

「発射塔ではありません。ポンプに電力を供給するケーブルのコネクターがどうとか」

「修理されたのですね？」

「はい、同志。その点はまちがいありません。ああ、おもい出しました。接触が悪いので予備回路に切り替え、そのあいだに主回路のコネクターを交換したということです。現在は、主回路に戻されており、問題は発生していません」

「そうですか」

将校には、コロリョフの声に安堵感が満ちたのがわかった。

仕方のないことかもしれない、と同情をおぼえつつ彼は想像した。

主任設計官は完全に名誉を回復されたわけではない。おそらく、現在推進されている計画が成功しなければ（再び収容所へ放り込まれることはないにしろ）、楽しい余生をおくることはかなわぬだろう。細かいことでおびえるのは、むしろ当然だ。

彼の想像はまったく正確なものだった。しかし、コロリョフの内心すべてを説明しきれていたわけではない。

確かに、コロリョフの内心には恐怖があった。その恐怖の一部が、計画失敗にともなう失脚という情景でしめられていることも事実だった。

しかし、コロリョフがもっともおそれていたのは失敗によって永遠にロケットを失うことだった。

その悪夢が現実化した場合、ロケット開発の主導権はライヴァルである（そして、長年の競争の結果、彼を憎むようになっている）ヴラディミル・ニコライエヴィッチ・チェロメイへ奪われてしまうだろう。いや、科学アカデミーにいるロケット・エンジン主任設計官ヴァレンティン・ペトロヴィッチ・グルシュコかもしれない。

とにかく、コロリョフのいまだに不安定な地位をねらっている者は、彼の失敗をまちのぞんでいた。地位を奪うことができたなら、自分で好きなようにロケットを開発し、それを飛ばすことが可能であるからだ。

いや、その点について私もひとのことはいえないな。コロリョフは内心で自嘲した。

私は、自分好みのロケットを飛ばすため――そしてその地位を維持するため、偉大なコンスタンティン・ツィオルコフスキーから伝授された星へかけのぼる道具を、それとは似ても似つかぬ目的に使っているではないか。チェロメイもグルシュコも内心は似たようなものだろう。

いっそ、ウォトカでも飲めたらな。コロリョフは車窓からみえる非日常的な情景をみつめつつおもった。

そこは、荒れ地の中に忽然と巨大な建造物がそびえたつ場所だった。歴史の大部分において、遊牧民や侵略者が通り過ぎるだけの不毛の地だった。

だが、合衆国がチュラタムのミサイル発射実験場と呼び、コロリョフがバイコヌール宇宙基地《コスモドローム》と（内心で）呼んでいるコンプレックスが建設されたことで大きく意味がかわりはじめていた。

荒野の中に出現した最先端科学技術の要塞。

コロリョフはかすかな笑いを漏らした。

再び、ウォトカが飲めたなら、とおもった。収容所で痛めつけられた後遺症の残っている自分の肉体が恨めしかった。いや、そのほかの何かが恨めしかった。

「どうされました、同志主任設計官」

笑い声に気づいた将校がたずねた。

「大したことではありませんよ、同志大尉」

たのしそうな声でコロリョフはいった。

「ただね、何というか、我々も含まれているこの情景が、我が国を象徴しているような気がしただけです。あの鼻持ちならないドイツ人にみせてやりたかった」

彼はグルートルップのことをいっていた。彼をはじめとするドイツ技術者たちは、持てる知識のすべてを吐き出さされた後、追い払われるようにして赤いドイツへかえされていた。

「素晴らしい感想ですな！」

大尉は大きな声で応じた。

「不毛の荒野を人類最先端の科学技術、その中心地にかえてしまう。これこそ、共産主義の勝利を証明する光景でしょう」

むろんのこと、彼はコロリョフのことばにふくまれた意味をあえて誤解してみせたのだった。彼の父親はトハチェフスキー事件で粛清された連隊長の一人であったからだ。

それに、このリムジンを運転している伍長が、KGB第二総局が軍内部に飼っている犬の一匹ではないかと大尉は疑っていた。

3

北崎重工業中央研究所飛翔体部長の黒木正一《くろきしょういち》は社長室へ突然の呼び出しを受けた。

彼は、二〇名ばかりの部下をおい使いつつ一日の大半を過ごしている大井町の研究所（といっても実態はバラックに毛が生えたていどのもの）を出て、五月末日の陽光を浴びつつ、本社屋に向かった。

同じ敷地内に置かれている鉄筋四階建ての建物の最上階だから、さして時間はかからなかった。ちなみに、北崎重工業の本社及び研究開発部門は、国鉄大井町駅から数キロ南の、いまだに戦後という情景があてはまるようなさびれた場所に置かれている。

「ソヴィエトが、大陸間弾道弾の発射実験に成功した。今月の、はじめのことらしい」

いたって簡素な内装のほどこされた社長室でオーナー社長の北崎望《きたざきのぞむ》がいった。五〇代はじめの控えめな容姿を持った男で、カッターシャツの上に作業衣の上着を着ていた。

社長室の応接セットにふんぞりかえり、そこにあったペルメルを勝手に吸っている黒木のほうも、かつて王城寺原で学生相手に演説をぶったときとさしてかわらぬ格好だった。

黒木は煙を大きく吹き上げながらたずねた。

「チュラタムですか？」

「おそらくは。ロシア人は、最近、あの基地の機能を強化している」

「性能についてては何かわかっていますか？」

「正確なものではないがね。全長約二七メートル。重量は八〇トンていど。推力は約一二〇トンで、搭載量は一トン以上。射程は不明だが、一〇〇〇〇キロをくだることはまずあるまい。合衆国はこれにSS―6という名をつけた」

「負けですね、合衆国の」

「いったい何に負けると？」

「人工衛星ですよ。うかがった性能が正しければ、SS―6は、そのまま衛星打ち上げに使用可能です。合衆国のほうは、確か、オービット計画が御破算になったはずですから」

「ああ、あのジュピターCロケットを改造するというやつかね？」

「そうです。とはいっても、合衆国陸軍がだんまりで開発しているジュピターの改造型じゃなくて、フォン・ブラウンがレッドストーンを改造して名前をつけなおしたやつですが」

「SS—6について教えてくれた僕の友人によれば、現在、ジュピターCは倉庫にしまい込まれているらしい。合衆国の良心的な科学者が、弾道弾用に開発されたロケットで国際《I》地《G》球観測年《Y》に参加するのは道義的に問題があると主張したそうだ」

「はン」

それまで、彼に可能な限り礼儀正しい態度をとっていた黒木が鼻をならした。

「品位より、結果ですよ。使えるものは何でも使うべきなんだ。育ちのよい金持ちはこういうときに困りますね。現実よりも観念を優先させてしまう。私は正直いってロシア人が好きじゃありませんが、酒を一緒に飲むのならば、連中のほうがまだマシだとおもいますな。一生懸命ですよ、奴らは」

「ずいぶんと偏見に満ちているな」

北崎は笑みを浮かべて彼のロケット開発者をみた。

黒木と北崎が出会ったのは、日本列島にまだ帝国が存在していたころだった。大陸でおこなっていたかなりあやしげな商売で成功した北崎が精密機械関連の事業をはじめてから一三年目――一九四四年のことである。

北崎は、軍や中島、三菱といった巨大軍需メーカーとのつながりを強め、それらと部品の納入契約を結ぶようになっていた。すでに敗色濃厚となっていた九月の末、彼は目黒の海軍技術本部へと呼び出された。海軍から要求があったため、電子部品関係の主任技術者も同道していた。

「これから話す内容は、軍機だということを心得ていただきたい」

北崎を応接室で出迎えた少佐は、かたい声でそういった。そこには、少佐のほかにも何名かが北崎たちをまっていた。民間人もまじっている。

「承知しました」

北崎は如才なくうなずいた。このていどの脅し文句で混乱していては、軍から受注することはできない。

「我々は、新たな防備兵器の開発にとりくんでいる」

少佐はいった。

「あなたの会社に、その兵器に必要とされる部品の試作をしてもらいたいのだ」

北崎は間髪をいれずにうなずいた。戦況をいくらかでもよい方向へ転換しうる兵器の開発――それに参加できるという単純な興奮と、まちがいなくもうけ話になるという目論見が彼の内心にあった。

北崎はたずねた。

「それで、開発すべき新兵器については、その、何か——」

「ああ、そうだな」

少佐はわずかに口ごもった。

北崎は、少佐の顔に、防諜を考慮しているだけではない何かがあらわれているのがわかった。

「話せることはすべて話してしまいましょう」

それが、北崎の耳にはじめて響いた黒木の声だった。視線を向けた先には、現在の食糧事情でどうしてこれほど太っていられるのだと疑問を抱かせる男の姿があった。

「いずれはわかることです。ならば、はじめから説明しておいたほうがいい」

「かもしれないな」

少佐は同意した。

ひどく態度の大きな民間人の剣幕におされたから話す——という彼の態度がポーズにすぎないことに北崎は気づいた。少佐は、太った男が口をはさんでくれることを望んでいたらしい。

「我々が明年からの本格的な試作開始を考えているのは、これまで存在したことのない新時代の沿岸防備兵器だ。形態は噴進弾《ロケット》になる。いや、噴進弾そのものは珍しくはない。すでに実用化されたものもある」

少佐はそこで息を飲み込むと、つづけて一気にいった。

「我々は、その噴進弾に無線誘導装置を搭載しようと考えている。盟邦ドイツが滑空飛行爆弾の誘導装置として使用しているものよりさらに進んだものを、だ」

「まさに軍機ですな」

北崎はためいきをつくように応じた。軍部とのつきあいがあることから、ドイツがその種の兵器をもちい、連合国へと寝返ったイタリアの戦艦を撃沈したことは教えられている。

「誰にも、話すことはできませんね」

「わかってくださったか」

少佐は笑みを浮かべた。

その後は、技術者ではない北崎には理解しかねる話の奔流になった。

まず、第一段階では射程五〇〇〇メートルていどの固体燃料の小型噴進弾を試作する。それによって誘導装置の性能を確認した後、第二段階の試作を開始。頭部に、電波方式の近接信管を搭載した大型噴進弾をつくりあげる。これには液体燃料を使用する。おそらく貴社には、誘導装置の試作について協力をあおぐことになるだろう。云々。

帰路、軍から配給されたガソリンによって動かすことのできているクライスラー・インペリアル・エイトの後席におさまった北崎は、翌年三月の爆撃で灰燼に帰するさだめにあった町並みをみつめ、小さな声でつぶやいた。

「何かおっしゃいましたか、社長？」

遠慮して助手席に座った技術者がたずねた。

「気持ちはわかる、といったんだよ」

「はぁ？」

「あの少佐、なぜ最初は口が重かったとおもうかね？」

「軍機ですからね」

「それだけではない。彼は気づいていたのだ」

北崎はだまりこみ、言い残した内容を自分の内心にだけあきらかにした。

沿岸から発射される対艦用、あるいは対空用の誘導噴進弾《ガイデッド・ミサイル》。

もし実用化されたならば、確実に、政治的な問題が発生する。たとえば、前者によって神風特別攻撃隊の存在意義は消滅してしまう。

不足している燃料を多量に必要とする液体推進で、大量生産はほぼ不可能とおもわれる近接信管を取りつける対空用の開発がひどく難しいものであることを考えあわせるならば
――少佐の考えていたことはただひとつだ。

彼は、海軍からいつのまにか失われてしまった理性を、噴進弾によって取り戻そうとしている。ほとんど有効性のない特攻兵器や、人命の濫費と同義語の特攻を、阻止しようと

している。

そして同時に、彼は、自分の試みがいかにむなしいものか、自覚している。

〝明年からの試作開始を考えている〟

——兵器が用いられる戦場は、現在の戦局から想像して、たったひとつしかない。

本土決戦だ。

そしてまた、上層部が戦果拡大のため、誘導噴進弾と特攻を併用するだろうことも想像している。

絶望だ。

北崎は理解した。絶望と、技術をおさめた者としての意地が、誘導噴進弾の開発に彼をはしらせようとしているのだ。やはり、どう転んでもこの国は終わりらしい。そのまえに何とか手をあげられたらよいのだが——無理だろうか？

「あの、軍人ではない男、あれは誰だ？」

北崎は泣きたいようなおもいをまぎらわすようにたずねた。

「ああ、黒木さんですか」

技術者は笑いをふくんだ声でこたえた。

「戦争がはじまる少しまえに海軍へ雇われたひとで、とにかく、噴進弾——というより、ロケットの研究一本槍です。ひねくれた性格ですが、馬力は大したもんだときいています」

「僕もそのような印象を持った。明るい人物だったな」

「天性の楽観主義者だそうです。一種の天才なんですかね。技術上の発想というより、研究をかたちにするという点で優れているという噂です。まだ若いのに、異例の扱いを受けているそうですよ」

「それで、君はまだあきらめないわけだな？」

十数年まえの情景をわずかな時間のうちに反芻した北崎は、あのころから見かけがほとんどかわっていない太った男にたずねた。

「たとえソヴィエトや合衆国から大きく引き離されていても、投げだしはしないのだな？昭和二〇年の七月末になってもなお、ミサイルの開発をあきらめなかったように」

「あきらめるものですか」

黒木は額に汗を浮かべてこたえた。

北崎には、この男がかろうじて怒りをおさえていることがわかった。

黒木は、戦後すぐに自分を雇いいれ、おそらく利益を生むには二〇年以上かかるだろうとおもわれるロケット開発に費用、人員、機材を可能な限り割いている北崎に恩義を感じており、彼なりの敬意と忠誠を示しつづけているのだった。

「手と足さえやすめなければ、いつかは追いつき——追い抜くことが可能です」

そこまでいうと、黒木は再び無断で煙草入れからペルメルをとり出し、卓上ライターで火をつけた。

「ならばいいのだよ」

北崎はうなずいた。

「ＩＧＹがらみで、君が予測していたよりはやく商売になりつつあるからね」

「反動がこわいですよ。ＩＧＹの後で、確実に政府予算は削減されますから」

「そこでだ」

北崎は探るような口調でいった。

「将来、我々はどういう商売をおこなうべきだとおもう？　君のおかげで、ウチにはロケット関連の主要技術を扱う研究者がそろいつつある。フィジビリティからテクノロジーへと転換するにあたっての大問題だよ、これは」

「その技術を誰に売るか、そういうことですか」

「うん」

「顧客は二つです。文部省——東大と」

「防衛庁だね。まぁ、例の新型地対地ロケットのときは余所にとられたが」

「ええ。前者は学術研究。後者は軍事。商売にするなら考えるまでもありませんな。物量を重視するほうですよ」

「君はかまわないのか？」

「全然。フォン・ブラウンだって、ソヴィエトの名前のわからないロケット屋だって、飛ばすためには手段を選びはしませんよ。それに、金も入るし――あとそれから、陸自の地対地ロケットについては、まぁ気に病むことはないですね。あれは固体燃料型だし、兵器としても何です。発射時に何百メートルも土煙やら何やらを吹き上げる兵器なんて、目立ちすぎます。制服を着た連中は、ロシア人のカチューシャの拡大版をイメージしたのでしょうが、予算があれっぽっちじゃ、まぁ」

黒木はひねくれた笑みとともに煙を噴いた。ロケット兵器は数がそろわねば駄目だと主張したいらしかった。

「ありがたい御託宣だ。実は、合衆国の友人から、自衛隊が採用する彼らのミサイルのライセンス生産メーカーについて、いくらか話をきかされたものでね。君の嫌いな固体燃料だが」

「喰うためならば妥協しますよ」

あっさりと黒木はいった。

「それよりも、社長、あなたはよい友人を持っているんですな。防衛庁より先にＩＣＢＭの話をききつけたり、そのほかにもあれこれと」

北崎はかすかな笑みを浮かべた。

彼の〝友人〟とは、留学時代の同窓生だった。現在は合衆国国務省の情報部門でかなりの地位についている。

ただし、その〝友人〟が情報をつたえてくる理由は、善意からではなかった。彼がホモセクシュアルであるという事実を、北崎が知ってしまった——学寮で北崎に迫り、はねつけられた——からだった。

ＦＢＩ長官エドガー・フーバーの男色家狩りに象徴されるように、合衆国の官僚にとり、性的に自由な傾向を持っているという事実は破滅を意味する（もっとも、フーバー自身も男色家ではあったが）。

北崎は腹中に満ちている皮肉の表出をおさえつつ話しかけた。

「僕は松下さんのようなかたちで技術を知っているわけではない。というより、ほとんど何も知らない。大学は政治学専攻だったからね。であるならば、自分の得意分野をいかして君たちを喜ばせるほうが簡単だ。僕にも見返りはある。プロレタリアートから搾取する金が増えるのだからね」

「素晴らしい。それでこそ産業資本家のあるべき姿ですな」

4

鷺沼多恵子《さぎぬまたえこ》が屋代幸男に抱いた第一印象は、かわっている、という一語に要約できた。

誰も彼もが政治を公然と語り、行動する時代が、彼女の通う大学にも到来していた。もし東京が次のオリンピック開催地に選ばれたなら、その競技場へつくりかえられてしまうだろう広大な空間の東側にある彼女の大学（の多くの学生たちは）は、空間のちょうど反対側に存在する宗教系大学の同族たちと競い合うようにして祭りを楽しんでいた。まるで、東京の中心部を取り囲むように点在しているより有名な大学と同じほど騒ぎたてることで、自分たちの格があがると考えているかのようだった。

大学に入ってからしばらくのあいだは、多恵子もそれに疑問を持たなかった。それは大いなる夢の実現をもたらす闘争、真の平和と自由にいたる最短の道であるはずだった。この世の出来事すべてを自らの（と、信じている）論理に合わせて解釈し、矛盾と欺瞞を暴きたてることは最高の精神的快楽だった。

屋代幸男はその祭りから浮き上がっている男だった。参加したいという意欲を持っているようにもみえなかった。かといって、何の目的も持っていない人間にも感じられなかった。

身長一五八センチ、その他の数値はまあ平均値、見かけは親が嘆くほどではないという多恵子が幸男の存在を意識したのは、学生を理解していることで知られる教授の講義に出席していたときだった。

周囲は、演説調で質問するもの、歓声をあげるもの――いつもどおりの情景が展開されていた。前夜、友人たちとおそくまで議論をかわした後遺症で睡眠の不足していた彼女は、あくびを周囲からかくすため、うつむいて口をおさえた。

折り目の消えたスラックスをはき、色のあせた木綿のシャツを着た細身の学生が視界に入ったのはそのときだった。

同時に、それまで存在すら気づいていなかった隣席の彼が自分のほうへわずかに視線をはしらせ、口もとに一瞬だけ笑みを浮かべたのもわかった。

ある種の文化圏においては、彼女がおこなったような場面を他者に――特に、異性に目撃されることは他の何よりも恥ずべきこととされている。

基本的にはいまだに少女であった多恵子は、その事実を知ると顔面の血管にながれる血液の量を著しく増加させた。

しばらくはあさってのほうを向いていたが、子供が触れてはならない戸棚に手をかけるように、再び視線を向ける。

そのとき、彼が彼女に視線を合わせていたならば、怒りをおぼえたかもしれない。

鷺沼多恵子の両親は成功している部類に属するレストラン経営者で、彼女は何の不自由も感じずに育っていた。両親は、普段かまってやることのできぬ埋め合わせを、物質的な手段で解決していたからだった。多恵子は侮蔑に慣れていない。

男の視線は多恵子にあわされていなかった。

彼女がもっとも衝撃を受けたのは、男がこの教場で示していた態度だった。誰もが、発言し、感情を高ぶらせることを当然としているそこで、彼は雑誌を読んでいた。

何を読んでいるのだろう、育ちのよい人間に特有の素直さで彼女は疑問を抱き、彼がひろげている雑誌をのぞき込んだ。そして、驚くよりも呆れた。彼は、子供が読むような、鮮やかすぎる彩色の雑誌を熱心に読んでいたのだった。

何て男だろう、多恵子は彼をさげすんだ。誰もが充実をおぼえているこの場所で、何とくだらないものに目をとおしているのだろう。

と同時に、多恵子の精神の一部は、再び禁じられた戸棚へ手をのばすことを求めていた。あらがうことはできなかった。

彼女はもういちど彼のひろげている雑誌をのぞき込んだ。地球上の光景を描いたものではないとわかった。そこに描かれている文字が自分の不得手な（この点は都心部の大学へ通えなかった学生のほとんどがそうだが）、おさないころから慣れ親しんできたものではないこともわかった。

多恵子は無意識のうちにたずねていた。

「それ、面白いの？」

「どうかなぁ」

彼はあいまいな顔つきでこたえた。

「半分もわからないからなぁ」

「じゃあ、どうして読んでいるの、そんなもの」

（これは彼女が実際にもちいたことばではない。本当は、より時代的な要素の影響を受けた形容がくわわっていた）

「おもしろいから」

その返答が、よきことの始まりだったのだ、ある時期の彼女はそのように回想するようになる。

もっと後には、その返答に面白味を感じたことが、あやまちの始まりだったと考え直すようになった。


ともかくも、鷺沼多恵子が屋代多恵子となる過程の第一段階はこのようなものであった。幸男との接触を契機に、彼女はそれまで積極的に参加していた祭りから徐々にはなれていった。

政治は宗教ほどに人間の精神を束縛しない。いや、絶対性を主張するものはすべからく宗教とみなすべきかもしれないが、その種の疑問を抱くようになる以前に、多恵子は別の位相へ転位していた。

5

スクリーンに映し出されている七人の男は、土壇場で脚本が手直しされたために主役を演じることになった無名俳優のようだった。そして彼らは、強盗団ですらまだましかと思われるような連中にとり囲まれていた。

「感想を教えてください、グレン中佐。ミグ・キラーから火星人キラーへくらがえした気分はいかがですか？」

「シェパード大尉、エドワーズでの」

「私は海軍だからパタセント・リバーだよ」

「失礼。パタセント・リバーのテストパイロットとヒューストンの宇宙飛行士、どちらがスリリングですか」

「カミさんを口説いたときがいちばんだったね」

「マーキュリー用ブースターとして選択されたアトラス、レッドストーンともに開発の不調が伝えられていますが」

「NASAは努力をかさねています。問題は必ずや解決されるでしょう」

「グリソム大尉、御家族はあなたが最初の七人に選ばれたことについてどのように」

襲撃は延々とつづけられていた。

映写室でそれをみていた三人の男は、圧倒されるようなおもいでその場面をみつめていた。スクリーンに登場している宇宙飛行士たちの態度や応対は、彼らがこうあるべきだと教えられてきたそれとは似ても似つかぬものだった。

三人の中で、ただ一人だけスーツを着込んでいた男が声を漏らした。

「これをみていると、すべては資本主義者の陰謀のような気がしてきますね。何もかも、派手すぎる」

「そうかもしれませんよ、同志主任設計官」

映写機とスクリーンによって強い陰影を与えられた顔に微笑を浮かべた男がいった。引き締まった顔つきと体つきを持った男だった。

「ポチョムキン村は、帝政の専売特許ではないでしょうから」

「イェカチェリナと合衆国大統領を比較するのはどんなもんかね」

彼の隣に座っている、がっしりした体格の——外国人の目には、典型的なロシア人にみえる男が太い声でまぜっかえした。

「ま、奴らは資本主義が許容する限りにおいて本気なのではないかな」

「残念ながら、おそらくそうでしょう。ゲルマン・ステパノヴィッチ」

同志主任設計官、セルゲイ・コロリョフはうなずいた。

「合衆国をなめてはいけない。彼らの国力――それを背景にした科学技術はおそるべきものです」

「ソヴィエト連邦の国力とあなたの才能と技術陣をもってしても危機を感ずるほどに、ですか？」

引き締まった体格の男がたずねた。どこかに笑みがある。

「危機とはいいませんよ」

コロリョフはわずかに首を横へふり、つづけた。

「しかし、無視すべきではありませんな」

「卓見。まさに、共産主義的解釈にもとづいた科学的経験則の現実への応用、その模範例と評すべき意見だ」

がっしりした男がうなずきつつ発言した。彼の声には、誰をもほほえませてしまうような響きがあった。

「だが」

引き締まった体格の男が笑みを含んだ声でたずねた。

「あなたには、連中に先をこさせるつもりはない？」

「いうまでもない」

コロリョフはうなずいた。

「これまでの三〇年、私はすべてをロケットにそそぎ込んで生きてきました。ツィオルコフスキー先生の夢と理想を現実にすべく。いまになって、資本主義者に先生の後継者たる資格を与えようとは思わない」

「ウラー」

それまでつとめて冷静な態度を示してきた引き締まった体格の男が感情を示した。

「同志主任設計官。自分は、あなたと同じ道を歩んでいる自分の幸運を喜ぶためならば、何度でもそう唱えるでしょう」

「右に同じ。ウラー！」

がっしりした男が大きな声でつづけた。

「ありがとう。あなたがたが、そこへ行ってくれると志願したからこそ、私は歩み続けることができるのです、コスモノートたちよ」

「ウラー」

「ウラー」

「共に歩み、そこにあるものを摑みましょう。星は、何かのためではなく、星であるからこそ征されねばならないのです」

そこまでいってからコロリョフは突然口ごもった。どうやら、いつのまにか自分が演説口調になっていたことに当惑しているらしかった。

「同志主任設計官」

引き締まった体格の男は立ち上がり、練兵場に響きわたる号令をおもい起こさせる声量で宣言した。

「我が友人、ゲルマン・ステパノヴィッチ・チトフ大尉は、あなたの御期待に必ずやおこたえするでしょう」

コロリョフは満足げにうなずき、その言葉にこたえた。

「そしてあなたもね、同志大尉ユーリ・A・ガガーリン」

6

一九六〇年春のその日は低気圧に支配されており、浜松基地における飛行作業は中止されていた。

原田《はらだ》克也《かつや》二等空佐は、濃いブルーの制服、そのボタンをはずして椅子の背にかけた。いくらか疲労がたまっていることを自覚していた。もっとも、この基地を、空自が何年か前に参考用として購入したデ・ハヴィランド・ヴァンパイア練習機に便乗して訪れたときから元気旺盛とはいえなかった。

現在の原田の職務は、航空幕僚監部――外国風にいえば空軍参謀本部――の情報幕僚だった。といっても、役職はあくまでも話の通りをよくするための方便で、実際は無任所にちかい。ここ一週間ほど、基地防空体制の研究をおこなうため（と称して）この基地へ滞在している。

「暢気《のんき》な連中は、こんな日こそトランプ日和なんていっているが」

暇をつぶしにきていた飛行隊の田口《たぐち》という情報幕僚がいった。階級は原田と同じだった。

「ほんとうは、天気なんぞ関係ない部隊にならなきゃ駄目なんだ。昔ならいざ知らず、いまはそうだ」

「そうだろうね」

原田はきれいに整頓された机の上に両手を置いてこたえた。

とりあえず、現場の雰囲気をおぼえてこいということで転属後さほどの時間を置かずに浜松へ配属されたのだが、いまだによちよち歩きの航空自衛隊において、彼の仕事は多忙といえるほどのものではなかった。ありていにいって、合衆国空軍から流される情報の伝達役というところだった。

田口は窓の外に目をやり、そこからみえる格納庫を注視した。扉があけられており、内部で機体の整備がおこなわれているのがみえた。空自の主力戦闘機、F86Fセイバーだ。合衆国が生み出したまぎれもない傑作機で、朝鮮戦争で国連軍が絶対的制空権を握る一因となった。

「F86はいい機体だ」

田口はいった。

「とにかくよく動く。飛んでいると、あれほど気持ちのよい機体はない」

「そういう話だね」

原田はうなずいた。

といっても、ウィング・マークを持っているわけではない彼に、田口の真意がつかめているわけではなかった。

彼が陸自から空自へ移ったのは、創設されたばかりで人材に不足を感じている空自を補うためばかりではなかった。将来のミサイル防空を担う一人として選び出されたのだった。これについて、陸自が快い感情を抱いたわけではない。彼らは彼らで、将来の国土防空を自分たちで握ろうとしていたからだった。

「だがね。多少の疑問はある」

田口は視線を外に向けたままいった。

「合衆国は、なぜ我々にあんな機体をわたしたんだろうか？　少なくとも、ここ一〇年ほどのあいだにつくられた最高の機体を？」

「ずいぶんと政治的な話題だね」

原田は笑った。

「少なくとも、アイゼンハウアー政権の政策に関係していることだけは確かだな。それともうひとつ、朝鮮戦争の後遺症というところか。連中は、あの戦争に合わせて山のように装備を生産した。いまになって、それがあまり出している。そして、そのあまった装備を我が国へ貸し出すことが、太平洋の防壁を確たるものにする役に立つとおもったのだろう」

「表面的には、そのとおり。何の疑問もない」

田口は肩をすくめた。

「何年か前に、セイバードッグを気前よく振りまいたのも同じ理由だろう」

Ｆ86Ｄ戦闘機のことだった。Ｆ86を原型としながら、機首に搭載された射撃統制装置《ＦＣＳ》と連動したレーダーのおかげで、まったく別の機体と呼べる戦闘機だ。いかなる天候（少し誇大表現だが）でも作戦行動が可能なセイバードッグは、まさに衝撃的な存在だった。装備されているＥ４ＦＣＳは、整備がひどく難しい、故障しやすい機械だったが、まともに動いているあいだは、目標発見、そして攻撃に大きな威力を発揮した。

「たいへんな機体だそうだね、あれは」

原田はたずねた。彼の言葉には二つの意味があった。

「たいへん、たいへん」

田口はあえて一方の意味だけを受けとって首肯した。

「操縦動作にくわえてFCSの操作までしなければならんのだからね」

手が三本欲しいな、彼はそういった。

「君は、それが気にいらんのか？」

「まさか。レーダーFCSが便利なものだ、ぐらいは承知している」

田口は原田に視線を合わせた。

「ただね、いくらF102デルタダートの配備を急いでいたとはいえ、いかにも気前がよすぎる。変な話だとおもわないか？」

「我々が、極東でもっとも重要な同盟国だからでは？」

原田は、あえて常識的な意見を述べることで田口の真意をさぐろうとした。

田口は憮然とした表情でいった。

「F104を我々が採用することを簡単に許したのも同じ理由からか？　あれは、これまでのような中古ではない。新型だ」

「ロッキード社を救うため、そのような面があることは否定しないよ。つくってみたはよいものの、合衆国で使うには航続性能が低すぎるからね」

「あの鉛筆に翼をつけたような機体」

田口は顔をしかめて空自が採用を決定している新型主力戦闘機の形状を表現した。

「まぁ、それは我慢しよう。高速発揮のためだ。我々のドクトリンにも合っている。迎撃以外には使い道のない全天候高速戦闘機。いや、まったくもって専守防衛にふさわしい」

「ルフトヴァッフェはそれを近接航空支援《CAS》に使おうとしているがね」

「ルフトヴァッフェ？　ああ、西独か」

田口は侮蔑の響きを含ませつつこたえた。

「所詮、連中は戦術空軍だからな。あんたはそっちのほうが好きかもしらんが」

原田は苦笑した。海軍兵学校四号生徒——一般的にいえば一年生の際に敗戦をむかえた田口は、その種の空軍、つまり陸軍航空隊のような組織をひどく莫迦にする癖があった。日本海軍航空隊は世界ではじめて成立した本格的な戦略空軍だった。

「しかし、連中は戦略爆撃を我々——いや、君たちより先にしていたよ。飛行船やゴータの巨人爆撃機で」

「費用対効果も考えずにね。まぁ、昇進がはやいのはいいことだが」

こんどは少し大きな声で原田は笑った。

田口の内部に存在する二つの要素に、彼はおもしろみを感じていた。未来の提督たるべき教育が始まったとたんに失われた海軍への郷愁、そして、戦後になって合衆国空軍から受けた指導の結果身につけた軍事的現実認識。

率直なところ、戦後になって成立した新軍種である空自の旧軍出身者には、その種の意識を扱いかねている者が少なくない。田口の場合、陸海自衛隊よりはやい段階での昇進を発する傾向を持つ空自の人事政策が、意識の分裂をおさえる大きな役割を果たしているようだった。

ちなみに、昇進速度がはやいのは世界の空軍に共通する風潮だ。そのもっとも顕著な実例は第三帝国時代のドイツ空軍《ルフトヴァッフェ》だった。少なくとも実戦部隊に関するかぎり、完全な能力主義を標榜していた彼らは、有能な者であれば二〇代のうちに大佐に任じることとすらあった。もちろんその背景には、実戦パイロットたるもの、若くならねばならぬ、という空軍の現実が影響している。勇敢な兵士は若年層にもとめよ、という軍事的経験則は空軍のためにつくられたような言葉なのだった。

「とにかくだ」

田口はずれてしまった話題をもとにもどした。

「だが、なぜなんだ？　なぜ連中は、新型機を気前よく俺たちに渡すのだ？　そしてなぜ、我々はそれを採用することが当然だとおもっている？　日本にだって航空機メーカーはある。三菱、川崎、昔の中島――」

「富士だよ、いまは」

「富士。それから北崎。まぁ、新明和と石川島もいれていい。決して少ない数じゃない。これだけ航空機関連メーカーがあるのに、なぜ、外国から輸入し、あるいはライセンス生産せねばならない？」

そういうことか、原田は納得した。

「連中のほうが優れているからだ」

彼は断定した。

「僕には、いまの三菱が戦前の三菱と同じ航空機の開発生産能力を有しているとはおもえない。我々だって、いまだに合衆国空軍におんぶにだっこだよ」

「それはまぁ、みとめる」

田口はうなずいた。

「しかし、俺はバンドー・アルファなんてコールで自分を呼ばせて喜んでいる奴とは違うからね。妙な気がしてしかたがない。結局、合衆国は新型機を我々に与えることで」

「そうだよ」

原田はうなずいた。

「連中は、それによって日本の航空機独自開発能力向上を阻止しよう、そう考えている。その点は疑問の余地がない」

「なんだ」

田口は呆れたようにいった。

「わかっているじゃないか」

「わかっているよ、それぐらいのことは」

原田は右腕をわずかに振りつつうなずいてみせた。

「それに、いま現在、この国にあまた存在する航空機メーカーのほとんどに自主開発能力がないこともね」

「三菱はなんでもつくる力を持っているが、エンジンが弱い。富士は機体だけならどうにかなるが、精密を乗っ取られてからはエンジンが駄目。川崎はまだまだこれから。北崎はエンジンは強いが――」

「機体と関連装備のほうにも手を出している」

「しかし、まだどう転ぶかわからない。それに、連中のエンジンにしたって、ジェネラル《G》・エレクトリック《E》やプラット《P》・アンド《&》・ホイットニー《W》並みというわけじゃない。まぁ、Ｔ１に採用したＮＪ１０１Ａは、練習機用としてはかなり見事なもんだが――連中、本音ではそっちよりロケットダインのほうに進みたいんだろう?」

「問題は多いな」

「多い。多すぎるほどだ。その中でも最大のものは――これだけの数の航空機メーカーすべてが、軍需に頼っているという現実だよ。制服を着ている人間がこんなことをいってよいものかどうか迷うが」

「事実なのだ。仕方あるまい」

原田はうなずいた。

田口のことばは現状を的確にいいあらわしていた。

メーカー数からいえば、他のいかなる大国にもおとらぬほどの陣容であってもおかしくない日本の航空宇宙産業の発展が遅々として進まぬ理由は、彼らがほとんど防衛庁関連の発注だけで喰っているという現実の影響を受けていた。

たとえば、数年前の統計による航空関連生産の総額は約四〇億で――そのうち九割以上が防衛庁の発注によるものだった。

もちろん、戦後七年間の空白期間――航空技術がレシプロからジェットへ、超音速へと劇的に発展した七年間――占領軍によって、航空機開発をまったく禁止されていたという過去も、航空宇宙産業停滞（戦前、戦中を含めるならば衰退）の要因としてはたらいている。軍用機メーカーとしては世界有数の中島飛行機など、占領軍によって切り刻まれてしまった。

だが、原田や田口にいわせるならば、それだけに原因をもとめるのはあまりにも無責任な態度だった。本当の問題は、敗戦によって航空機メーカーが顧客を失ってしまったことにあった。それらのメーカーのほとんどは、戦後になって自動車生産へと乗り出すことで命脈をたもったが、戦後再び航空機生産が再開されたとき、一部をのぞいて、航空機に対して奇妙なほどに及び腰になっていた。もちろん、社内には航空機に熱意を示す技術者、そして経営者が存在してはいた。しかし、企業としての態度はまた別だった。彼らは、空白期間のあいだに自分たちが決定的に出遅れてしまったことを知っていた。同時に、新たな日本には、かつてのような大口の顧客――陸海軍が存在しないことも了解していた。

　予算の獲得に苦労している自衛隊相手の商売は、三菱のような特殊な意識を持った企業や、富士のように〝本業〟への復帰をもくろんでいる企業以外、商売として社運をかけられるほどのものではなかった。国外に軍用機の販路をもとめるわけにもいかなかった。そこは、戦勝国の巨大航空機メーカーの独壇場であるからだった。

「つまりは、民需が伸びてくれなければどうにもならない」

　田口は吐き捨てるようにいった。

「だが、日航製《NAMCO》は駄目だよ」

　原田は乾いた声で応じた。日航製――日本航空機製造は、旅客機開発を目的として創設された国策会社だったが、その運営にはひどく問題が多かった。彼らが開発している旅客機も、たとえばフォッカーのような会社の機体とくらべて国際競争力の面で優越しているとはいえなかった。

田口はうなずき、つぶやくようにいった。

「やはり、北崎か？」

「かもしれない」

原田はうなずいた。

「あそこは戦前にかなり危ない橋をわたってためこんだ資金で電子機器に乗り出し、ラジオでもうけている。テレビもそうなるだろう。技術もある。戦後の混乱に乗じて、軍関係やメーカーから技術者を引き抜き、捨て扶持をあてがって好きに研究させていた。航空機、ロケット——北崎は航空宇宙関連技術のほとんどすべてをおさえている。石川島の連中が、いったいあそこはどこからジェット・エンジンの技術を手に入れたのかと不思議がっていた。それだけではなく、旧独軍やNACAのデータもごっそりとストックしてあるらしい」

「なんとも頼もしい話だが、うまくいくのだろうか？」

「僕にはわからんね。かなり汚い手をつかっていると聞いた。合衆国と欧州に子会社を持っているから、そこに一度、〝航空機部品〟を販売し、組立は現地でおこなうというかたちで国外販路を確保しつつあるらしい。いまのところ双発の小型機だけだが、南米やアフリカで業績を伸ばしているという話だ。主に英国系の航空機メーカーから営業のヴェテランを引き抜いたというからな。ま、莫迦にはできない。きちんとFAA資格を取得した機体を彼らはつくっている」

「通産省が何か文句をつけそうだが」

「そこがまぁ、謎といえば謎だね。おそらく、政界工作のほうはおさおさ怠りないのだろうさ。日航製を後押しした運輸省もだまっている」

「そして我らの新型機がいつ国産になるのか、その鍵も連中が握っているというわけか」

「何とも薄汚れた現実ではあるが、そんなところだろう。ただ、三菱のほうは何としてでも戦闘機の主力メーカーとしての立場をまもるつもりだろうから、たいへんだな」

7

一九五七年一〇月四日、セルゲイ・コロリョフがR7と呼ぶSS—6ICBMの先端に取り付けられた八二キログラムの球体が大気圏を離脱したとき、ヴェルナー・フォン・ブラウンはその発射場から一四〇〇〇キロあまりはなれたアラバマ州ハンツヴィルのレッドストーン陸軍工廠で情宣活動にこれつとめていた。相手は新任の国防長官である。

アドルフ・ヒトラーでさえ魅了してしまった彼の売り込みは見事の一語につき、フォン・ブラウンをはじめとする旧V2開発チーム——いわゆるハンツヴィル・ギャングを嫌っているとで知られるアイゼンハウアー政権、その新任国防長官でさえ洗脳されてしまいがちだった。前年、フォン・ブラウンはICBM弾頭大気圏再突入用耐熱シールドの試験用に、陸軍工廠からその名がとられたレッドストーン・ロケットの改良型三段式ロケット、ジュピターC（陸軍秘匿呼称、弾道弾29号）を打ち上げていた。

彼にいわせるならば、このロケットを多段式に改造してしまえば、合衆国は即座に人工衛星打ち上げ能力を保有することになるのだった。しかし、アイゼンハウアー政権――というより、アイゼンハウアー大統領の持つ個人的な正義感がその実現をはばんだ。

彼はかつてロンドンを攻撃した非道な兵器の開発者たちが合衆国の後押しによって栄誉を手に入れることに我慢がならなかった。また、冷戦という現実により多少の譲歩を余儀なくされているにしろ、戦争を軍人によって争われるものから、一般市民の殺戮競争へと変えてしまう反応兵器やICBM（そしてその運搬手段であるロケット）を好んでいなかった。

国家元首としてなおその種の意識を保っていられるアイゼンハウアーは、合衆国が生み出した（世界の誰にも無視できぬ）良識のもっとも強固な擁護者として、まったくもって尊敬にあたいする民主主義者だった。おそらく彼は、旧来の意味でいうアメリカン・デモクラシーを体現する最後の一人だったかもしれない。

そして、そのような人物に対してロケット開発の推進を説かねばならぬフォン・ブラウンこそ不幸の極みだった。アイゼンハウアーは、少なくともそれを合衆国の人間によって推進したいと考えており、ロケットのためならば祖国も捨てるマッド・サイエンティストに主導などされたくはなかった。

　しかし、コロリョフがニキータ・フルシチョフの全面的な支援のもとで打ち上げた八二キログラムの球体——スプートニク1と呼ばれたそれが、近地点二二八キロ、遠地点九四七キロの楕円軌道を九六分一七秒で周回し、二〇、及び四〇メガサイクルの電波を発信した結果、すべてが変化した。

　アイゼンハウアーは、ロシア人が小さなボールを上げたことなどまったく気にしない、と述べた。

　アイゼンハウアーは本当にそうおもっていた。

　彼は、自分の政権下で推進された大量報復戦略により、合衆国が反応兵器戦力においてソヴィエトをはるかに引き離していることを知り尽くしていた。ロケットは、慎重に、将来を見定めて開発すべきものであると考えていた。

　だが、合衆国の政治機構はそうとらえなかった。スプートニクは紛れもない脅威であり、その電力が二週間で消耗した後も、遅れていると信じられていたロシア人の科学技術が合衆国に優越しているという明確な証拠物件でありつづけた。政治家と官僚たち——そして国民の多くが自分たちがナンバー・ワンでないことを知らされてパニックにちかい反応を示し、大統領を批判した。

それでもなおかつ、ロケット開発の積極的推進に賛成しかねていたアイゼンハウアーを屈服させたのは、スプートニク1号から一ヶ月後にコロリョフが打ち上げたスプートニク2号の衝撃だった。

ロシア人はそれに犬をのせ、ロケット打ち上げ、そして軌道飛行が生物に与えるデータを収集したのだった。

彼らの目指すところはあきらかだった。

おどろくべきことに、コロリョフが犬を乗せて打ち上げた衛星の重量は五〇〇キロをこえていたし——犬が生きられる人工的環境では、とうぜん、人類も生存が可能だった。コロリョフがロケット・ブースターの推力をさらに強め、生命維持機構と、フォン・ブラウンが実験したような耐熱シールドをそなえた大型の宇宙飛行体をその先端に取り付けたならば——人間は宇宙を飛べることになる。

そして、その技術は大威力の反応弾頭をそなえたICBMにも容易に転用できる。

アイゼンハウアーは宇宙計画の積極的推進を指示した。最初に衛星打ち上げを命じられたのは、合衆国が自前の技術で開発した（真相はともかく、そういわれていた）ヴァンガード・ロケットだった。そして、一九五七年末に行われたその打ち上げは——みごとに失敗した。ロケットは発射台からわずかに浮き上がっただけで横倒しになり、巨人の手でつかまれたように折れ曲がり、爆発した。

合衆国海軍の注文によってマーチン社が開発したこの三段式ロケットは、あまりにも高い性能をおいもとめて開発されたため、技術開発において重要なトータル・システムとしてのすりあわせ（これは本来、合衆国のような国がもっとも得意とする分野だ）ができていなかった。海軍が確実だと保証していた重量二〇キロの衛星打ち上げ能力も持っていなかった。

ひらたくいってしまえば、ヴァンガードは、戦後、ヴィジョンを持たぬまま合衆国陸・海・空軍、そして科学陣がそれぞれ独自におこなってきた合衆国のロケット開発を象徴するような存在だった。

予算も技術者もばらばらに用いられているだけ。これでは、国家がすべてをひとつの機関に統合して――つまり、実際の計画、開発、打ち上げをほとんどコロリョフに任せて――推進していたソヴィエトに引き離されるのも道理だった。

合衆国は挽回せねばならなかった。

しかし、もっとも進んでいるとみられたヴァンガードは失敗作であり、空軍がICBM用に開発しているアトラスはいまだ現実の存在ではなかった。となれば、最後の可能性は陸軍――ドイツ人科学者を擁している彼らのロケットにしかない。

フォン・ブラウンへすべてがゆだねられた。

彼はしまい込まれていたジュピターC三段式ロケットを持ち出し、それに彼の熱望していた「もう一段」ぶんのブースターを取りつけると、先端に約一四キロの重量を持つ科学衛星を載せ、翌年一月末、第一宇宙速度へ向けての加速を命じた。

フォン・ブラウンの提言を受け入れていたならば、おそくともロシア人よりも半年はやく人工衛星打ち上げを成功させていたであろうジュピターCは――合衆国政府がその開発者を無視した事実を隠蔽するため、ジュノー1と改名されていた――各ブースターの燃料が空になるごとに不要になったそれを切り離し、エネルギーのみを受けとりつつ上昇、ロシア人に遅れること四ヶ月で衛星の軌道投入を実現した。

衛星はエクスプローラー1号と名付けられ、あやしげなドイツ人科学者であったフォン・ブラウンは、合衆国を危地から救い出した国民的英雄へとその社会的立場をかえた。どちらかといえば政府は、その衛星に放射線検知器の搭載を主張し、打ち上げ成功によって自説の正しさを証明した人物、ヴァン・アレン博士のほうを売り出したいようだったが、国民は、地球が放射線帯に包まれていることより、ロケットを成功させた人物のほうを重視した。

この成功に合衆国――そして、西側世界は驚喜し、東側は（なかでもモスクワは）恐怖した。こうして、宇宙競争として知られる、やがてロケットの発展を皮肉なかたちで証明する結末をまねく短く熱い戦争が世界の両側で開始された。

もちろん、フォン・ブラウンはその戦争の勝者となる決意をかためていた。彼の目標は、まず有人飛行――そして月、最終的には、人間が火星へ降り立つ姿をこの目でみることだった。

そして、いまのところ、現実はフォン・ブラウンの望むとおりに動き出していた。七人の選りすぐられた男たちを宇宙へ送り込むマーキュリー計画が実働したのは、エクスプローラー1号の成功が確認された直後といってよかった。

アイゼンハウアーはこれまで航空宇宙関連の研究をおこなってきた航空諮問委員会《NACA》を、一九五八年七月一八日付けで航空宇宙局《NASA》へと改組、そこへ宇宙ロケット開発のすべてを集中することとした。

無論、その中心となったのはフォン・ブラウンが大きな力をふるっていた陸軍弾道弾局《ABMA》（つまりレッドストーン陸軍工廠）に所属する数千名の人々だった。

こうして、すべてが宇宙へ向けて動き出した――はずだったが、現実はおとぎ話よりよほど複雑であり、希望や熱意ですべてがうまくゆくわけもなかった。

当初、一人乗りのマーキュリー宇宙機は空軍が開発したアトラスで打ち上げられる予定だった。

ＩＣＢＭならば（ロシア人が証明しているとおり）ロケット・ブースターとしてじゅうぶんなパワーを持っているはずだからだ。

ジュピターC、ジュノー、レッドストーン――政治的な都合によってさまざまな名がつけられてきた陸軍のロケットでも有人宇宙機の打ち上げは可能だが、軌道に投入し、地球を周回させるだけの力はない。弾道飛行と呼ばれる砲弾や野球のボールのような飛行がせいぜいだ。もともと戦術弾道弾として開発されたロケット（単段式の、オリジナル・レッドストーンとでも呼ばれるべきもの）を原型にしているだけあって、たとえ段数を増やしても、それが大気圏外へと運びあげることのできる重量はたかが知れていた。

だが、期待のアトラスはいまだに未完成なシステムだった。無人のマーキュリー宇宙機を載せて発射された（というより、されようとした）アトラスはエンジン点火指令が送られると同時に爆発し、粉々に吹き飛んだ。さまざまな技術的問題が解決されるまで、これがつかいものにならないことは明らかだった。

フォン・ブラウンとNASAは妥協した。

まず、弾道飛行を目指すことにしたのだった。たとえ一〇数分の飛行であったとて、「宇宙旅行」であることには（特に国民の目から眺めた場合）変わりがない。

こうしてマーキュリー計画の第一段階が実働した。宇宙飛行士たちの訓練がすすみ、レッドストーン（結局、この名に落ち着いた）の先端にマーキュリー宇宙機を取りつけたロケット、マーキュリー・レッドストーンの開発と実験がすすめられた。MRと通称されたこのシステムによって最初の二人に弾道飛行を経験させた後――それまでには安全性が確保されているはずのアトラスへロケット・ブースターをきりかえる（これはマーキュリー・アトラスと呼ばれる予定だった）。

実のところ、妥協してさえ計画は順調にすすまなかった。エンジン点火指令が送られると同時に、宇宙機の先に取りつけられた脱出用ロケットが作動してしまう珍事すら発生した。この種の失敗は先端技術を用いたシステムの開発につきものだが、とにかく、難問が山積していた。

自信にあふれていたフォン・ブラウンですら人命という問題の影響で徐々に慎重派へと乗り換え、無人での発射や、チンパンジー《ジンプ》を乗せたテストを支持した。けっきょく彼も、コロリョフと同じく、ゆっくりと足場を固めつつ進むほかなかったのだった。一九六一年、宇宙とミサイルについてのソヴィエトとの格差解消と逆転を公約のひとつとして選挙戦を勝ち抜き、第三五代合衆国大統領に就任したジョン・フィッジェラルド・ケネディは彼の強力な後援者だったが、それは同時に、失敗は（特に人命を失うようなものは）許されないとの制約をさらに強めることになった。

ケネディは必ずしも彼の賛同者にばかり囲まれているわけではなかった。たとえば科学界の一部には、実利を見いだしにくい有人計画は〝ロシア人にまかせ〟、合衆国は通信衛星や偵察衛星等々の打ち上げ能力獲得を目指すべきだと主張する一派が存在していた。

宇宙飛行士たちは切歯《せっし》扼腕《やくわん》した。

彼らは合衆国が最初に宇宙へ送り出した生命体がヒトではなくサルであること、開発チームが無人での試験をおこないたがることに怒り狂っていた。

だが、ハムと名付けられたチンパンジーは生還したが、ロケットにはさまざまな問題——たとえばロケットの燃料消費率は予定より大きかったし、宇宙機は着水したのちに水漏れをおこした——のあることが判明し、計画はさらに遅延した。

一九六一年一月におこなわれたチンパンジー打ち上げから二ヶ月後、再び無人で打ち上げられたマーキュリー・レッドストーンは完璧な飛行と帰還に成功したが、技術者たちはまだ納得しようとしなかった。彼らは、ソヴィエトの半分の時間で同じ成果をあげようとしていたのであるから、どこかに無理があるかもしれない、との意識が発生することは当然ともいえた。つまるところ、人類初の有人宇宙飛行、その栄誉を衛星打ち上げに続いてソヴィエトへ譲ってしまった原因はそれらすべての要素が複雑にからみあった結果だった。

成功した無人マーキュリーの打ち上げから一ヶ月後——グリニッジ標準時一九六一年四月一二日午前六時七分、R7改良型のロケット・ブースター、その第一段が点火された。サボテンのようなカウルの内側に束ねられた二〇基のRD107ロケット・エンジンが、ケロシンと液体酸素《LOX》を燃焼させる。RD107の周囲を取り囲むようにして備えられた一二基の初期加速用補助《ストラップ・オン・ブースター》ロケットも炎を吐き出し、全長三八メートルをこえるロケットをはるかな高みに向けて推進した。

エンジンは燃料を急速に消費した。わずか一二二秒で第一段にそなえられた三二基のロケットはその使命を終え、切り離された。一瞬の間を置いて第二段のRD108に点火。それもまた三〇四秒のあいだ危険な液体を燃え上がらせてエネルギーを発生した後同様に切り離され、第三段のRO7へとその役割を譲った。

すべてのブースターが役目を終えて切り離されたのは発射から一四分後。そのときには、ブースターによってえたエネルギーで、ヴォストーク1号と名付けられた有人宇宙機は地球周回軌道に乗っていた。

そして、一時間四八分のあいだただ一人でそこを支配したガガーリンは、地球の美しさについて述べたあまりに有名な言葉を下界へと送信した。

8

昨夜まで九州一帯を支配していた風雨はすでに北へと去り、その勢力を弱めつつあった。みわたせる限りの空はまずまず快晴といってよかった。多少なりとも感傷的な視点を持つ者であれば、大気中からほとんど塵が洗い流されてしまったおかげで、目にみえるものすべてが鮮やかすぎること、眺めようによっては凍っているように感じられることに文句をつけるかもしれない。

　北崎重工業株式会社鹿児島技術試験場、その敷地内に設けられた滑走路の北端に立った黒木は、周囲のそうした光景をつまらなそうな顔で眺めつつ、不安や焦燥といった形容のなされる感情を抱いていた。

「いや、なんたる壮観」

　滑走路から一〇〇メートルほどはなれて設けられている管制施設のほうから歩いてきた飛行服の男が茶化すようなくちぶりで声をかけた。

「文句なしの日よりですな、今日は」

「おはようさん」

　黒木は孤独を邪魔されたことを気にもしていないような声でこたえた。どのみち、大して楽しいことを考えていたわけではない。

「今日は頼みます」

　太った男は、彼にしては珍しいほどに丁寧な口調で飛行服の男にいった。

「ええ、もちろん」

　飛行服の男は、操縦桿を握っている人種に特有の絶大な自信を示した。

「先生ンところの若い連中がへまをしていないかぎり、完璧に成功させてみせますがね」

「ならば、安心だ」

「しかし、何ですな」

敗戦まで、海軍の下士官操縦員だったパイロットが軽く伸びをしながらたずねた。

「いい給料をもらっている会社を疑うわけじゃないんですが、ウチにはよっぽど妙なコネがあるんですかね」

「ああ？　ああ」

黒木はあいまいな笑みを浮かべた。

「いろいろな機体を飛ばすことができて、いいじゃないか？」

「そりゃ、まぁ」

パイロットは笑った。

「空自に入った同期生が羨ましがってます。連中が飛ばせるのは、カーチスの輸送機ぐらいですからね。まったく、いまの日本には、陸攻乗りを満足させる機体はほとんどありゃせんのです」

「今日の機体はどうかね？」

「大したもんだと思ってます。やっぱり、あんなものをつくる国と戦争しちゃいけませんな。魚雷を積めないのが気に入らないけれど」

今度は黒木が笑う番だった。

彼らがさして目的のない会話を交わしているあいだに、管制塔や格納庫——そして、その数百メートル後方にもうけられたさまざまな実験施設から何人もの男女が顔を出し、早朝に予定されている実験の最終的な準備を始めていた。

作業服を着込んだ屈強な男たちが巨大な格納庫の扉へととりついた。それは、一〇〇メートル以上の横幅があるカマボコ型の建造物だった。

いささか古びているところから、北崎重工が独自に建設したものではないことがすぐにみてとれる。その点でいえば、この鹿児島技術試験場に存在する数多くの施設がそうだった。ここは一九四五年八月一五日まで、日本帝国海軍の航空基地(最終的には特攻基地)だった。規模からいえば鹿屋とならぶ。敗戦後数年間、合衆国軍が占領——そして大蔵省財務局管理。それが防衛施設庁管理へと移される一瞬の隙をついて、北崎が払い下げを受けたのだった。

歯の根がうずくような音をたてて格納庫の扉がひらかれた。光がさしこんだ内部からトラックの機関音に似た音が響き、巨大な物体がその姿をあらわした。

牽引車に引き出されて朝日のもとに姿をあらわした機体は翼手竜のようだった。ノーストロップYB49。全翼機に個人的な執念を抱くノースロップ社の社長ジャック・クヌードセン・ノースロップが、ほとんど意地だけで製作した試作戦略爆撃機だ(ただし、ノースロップはこの機体の採用中止が決められた後に引退している)。機体の形状は——ほとんどブーメランのようなものだった。

パイロットがたずねた。

「あれ、いったいどうやって手に入れたんです？　何かやばい手をつかったんですか？」

「さあて」

黒木は苦笑した。

「俺は社長に母機用の大型機があったらいいな、そういっただけだからね」

「なるべくならジェットと？」

パイロットはＹＢ49の主翼（といっても全翼機の場合的確な表現ではないが、とにかくそう述べるべき部分）の左右に四基ずつ突き出ているジェット・ノズルを指さした。ＹＢ49は、プロペラを推進式に（つまり、後ろ向きに）装備したレシプロ爆撃機ＹＢ35の改造型だった。

「いや、ジェットについては絶対条件だった。あるていど高速が出せないと困る」

「にしても」

すでにこの奇妙な機体を四〇〇時間以上飛ばしているパイロットが呆れたようにいった。

「最初にあれを飛ばせ、といわれたときは参りましたよ。いくらアメ公がオクラにしたとはいえ、立派な戦略爆撃機ですからね」

「爆撃関連装備は太平洋の向こうで外し、通産省経由で防衛庁へながしたから、爆撃機じゃない——すくなくとも、公式にはそうだ」

「ははぁ」

パイロットはこころえた表情でうなずいた。

「ま、運動性は戦闘機並みの機体ですから、こっちのほうは文句ありませんが」

「速度が遅いのはまいったがね。まさか、社長があんなものを手に入れてくるとは思わなかった」

主翼の上下に設けられた小さな尾翼に挟まれているジェット・ノズルをみつめつつ黒木はこたえた。最初にこの機体に備えられていたアリソンJ35A19ジェット・エンジンでは時速八〇〇キロをこすことができなかった。それは合衆国空軍がこの機体を主力機種として採用しなかった一因だった。

「いまさら聞くのも何だが、エンジンのほうは問題なかろうね?」

北崎重工は、この機体をデビス・モンサンから九州へと持ち込んだ後、エンジンを自社製の試作ターボ・ファン・エンジン、NJ210Cに換装している。サイズが異なっているため、機体のほうを多少いじらねばならなかったが、おかげで最大速度は八五〇キロをこえるようになっていた。その事実を知ったノースロップ社が購入契約を結んだほどだ。

「NJ210は試作品です」

パイロットはそれだけをいった。

「もし危険を感じているのならば――」

「そんなことはありませんよ、先生。石川島と張り合ってつくっているエンジンなんだから、素質はすごくいいです。ＧＥやＰ＆Ｗとくらべると、ちょっと、というところがありますがね」

「ま、あんたが困っていなけりゃいいんだ。ウチの民航部で開発している旅客機に使うのは、あれを発展させたやつだから。俺は直接かかわってないが――そのうち、あれに取りつけて、あんたたちに試験してもらうことになるだろう」

「楽しみです」

　北崎重工がいとも簡単に（少なくとも、部外者にはそのように感じられた）航空宇宙事業へと乗り出し、サンフランシスコ講和条約締結による航空研究解禁から一〇年あまりで実用ジェット・エンジンの量産に成功したことは、奇跡中の奇跡と呼ばれていた。いかに戦後の日本経済――その復興と成長が世界の常識をこえるものだとはいえ、現実的な観点からいえば魔術に近かった。

　しかし、その魔術をおこなった当人にいわせるなら、それはちょっとした技術革新（北崎望はシュンペーターの現実的信奉者だった）と経営努力の積み重ねがもたらした当然の結果にすぎなかった。たとえば冶金工学、精密工作といった技術は戦前から北崎重工が得意としていた分野だったし、戦後はその研究開発に従事する人材がよりどりみどりという時期があった。外国技術も、独自の特殊なルートで手に入れることができた。資金についても、当面の問題はなかった。

最大の問題は顧客だったが、北崎はそれをかなりあくどい手を用いることで切り抜けた。

たとえば、三年前に北崎重工が初めて量産したNJ100A（北崎重工のエンジン分類は、100番台が小型機、200番台が大型機、300番台がその他、とされている）はこれといって新味のない〝小型〟ターボジェット・エンジンだったが、ただひとつだけ特徴があった。それは、GEのJ47とほとんど同じサイズで、出力、燃費、耐久性は同等――そして、いくらか軽量にできていた。価格はJ47の七割程度である。

北崎は、このエンジンの増加試作品をJ47を使用している各国、特に自力でエンジンを生産していない国の空軍へ一基ずつ贈呈した。J47はいまだに各国で大量に用いられていたノースアメリカンF86Fセイバーのエンジンだった。

彼の目論見は見事にあたった。当初、日本製ということでかなり疑われたものの、関係者を集めておこなわれた運転試験と、価格の低さがそれをくつがえした。北崎は戦前から培ってきた政界へのコネを利用して輸出にかかわる面倒を切り抜けると、それを世界各国へと輸出した。

通産省重工業局は北崎のこうした動きをおさえようとした。彼らなりの産業戦略論にしたがえば、先進国からはるかに引き離されている分野の多い日本の重工業――特に先端技術分野は、無用の競争を避けるべきだからだった。彼らはある晩、北崎望を赤坂の某所へとまねき、まわりくどい表現で、あなたの会社は石川島と合併すべきだといった。たとえば自動車工業でなかば失敗した合併策を、彼らは勢力の弱い航空宇宙産業で実現しようとしたのだった。

北崎は大きな笑みを浮かべてうなずき、石川島の諸君が独自の判断で我が社に加わってくれることは大きな喜びです、とこたえた。彼は、通産省が石川島によるジェット・エンジン開発一本化を指導していることを熟知しており、あえてそのようにこたえたのだった。困惑した表情を浮かべた官僚たちが何かを口に出す前に北崎は言葉をつづけた。確か、そちらの航空機武器課の方と以前にお会いしたときは、是非とも積極的にやってくれ、そういわれたのですが。ああ、もうこんな時間ですか。いやすみません、これから……先生と会食の予定がありまして。いやいや、満州いらいのおつきあいなものですから。別に政治的にどうこうという話ではないのです。

北崎はそうした言葉を、内心でそれを口にしている自分を軽蔑しつつ彼らに伝えた。つまり、俺の邪魔をするな、もしもう一度ふざけたことをいいにきたならば――というわけだった。

こうして北崎重工は、外敵に対する障壁というより自由競争への障害として作用しはじめていた行政指導からの自由を獲得した。官僚たちは完全にあきらめたわけではなかったが（いや、彼らは決してあきらめることはない）、自分たちが自動車業界と同様にここでも敗北したことを知った。

それから数年のあいだに、ＮＪ１００の累計セールスは二〇〇〇台を記録した。この儲けだけでは、北崎が航空宇宙部門に投資した資金を完全に回収することはできなかったが、成功であることにちがいはなかった。

北崎重工は資金を回転させつつ他の戦闘機、爆撃機、そして旅客機用のエンジンを開発し、それを売りつづけた。なかには失敗したものもあったが、全体的には黒字となった。

合衆国政府の一部には北崎重工のこうした商売を批判する一派（そしてロビー活動をおこなう集団）が存在したけれども、その活動は日本との関係においてまず政治・軍事的なものを重視する別の一派、いわゆる菊クラブによって妨害された。合衆国が不安定の度合いを増しつつあるアジアでもっとも安心できる同盟国を維持したいならば、大抵のことには耐えねばならないと彼らは唱えたのだった。振り返ってみれば、かつての敵国を資本主義の兵器廠として復興させたのは合衆国自身なのだった。北崎重工が、合衆国の航空機メーカー――特に、国防省関連の受注においてつねに特殊な位置に置かれ続けているノースロップ社との関係を深めつつあったこともこれに影響した。

航空解禁から一〇年――北崎重工は、ＧＥ、Ｐ＆Ｗ、ロールス・ロイスには及ばぬものの、アリソンやウェスティングハウスとはじゅうぶんに競争可能なエンジン・メーカーとなっていた。製品の品質と信頼性は徐々に向上しており、開発能力も高まっている。航空宇宙関連のすべての部門（三菱や川崎がおさえている軍用機はまだだが、民間航空機はすでに小型機販売実績を持っている）をそろえているという点が、その立場をさらにつよめた。

北崎重工のこうした姿勢を評して、現代の中島飛行機という者も少なくなかった。

　ただし、社長の北崎望個人に関していえば、中島知久平《なかじまちくへい》というより後にあまねく名を知られるようになる本田宗一郎にちかかった。北崎は本田とちがって技術的問題について専門的知識を持たなかったが、モノになりそうな対象に見極めをつけ、それをもっとも適した人物に任せることができるという指導者としての天賦の才があった。

「社長はどうお考えなんでしょうかね？」

　パイロットは徐々にちかづいてくる機体をみつめつつつぶやいた。

「軍用機に乗り出すおつもりでしょうか？」

「あのひとの腹の中は俺が見透かせるほど明るくはない」

　黒木は断言した。

「しかし、いつ乗り出してもおかしくはないね。となると、三菱と戦争になりかねんが」

「面倒ですな」

「そう。君はそれを俺に何時間でも教えることができる。南太平洋や台湾沖で生き残った人間にはそういう権利と義務がある。いや、名誉かもしれん」

「名誉ね。最近はとんと聞けない言葉だ」

黒木とつきあいの長いパイロットはそうこたえた。彼は黒木のねじれた発言を耳にしても腹を立てなかった。彼は、この太った男が、時たま奇妙にひねくれた言葉を口にすることがあると知っていた。そしてそれは、内心のどこかに正義感を維持した傲慢な人間がたいていそうであるように、自分が本当は弱い人間であることを間接的に認める発言なのだった。

「少なくとも」

パイロットがYB49を指さしていった。

「あなたが私の名誉に配慮してくれていることは確かですな。この塗装、けっこう気に入っているんですよ」

「いい趣味だろう」

黒木は子供のような顔になっていった。

「少しばかり、足りないものもあるが」

機体は、上面を濃緑色、下面を青灰色に塗り分けられていた。黒木は子供のころ、日本・合衆国・英国の軍艦ならば（そして後には飛行機も）ちょっとした部分写真をみせられるだけで見分けることができるほどの海軍少年だった。

「とにかく、塗料は同じ成分のやつを使わせてある。まさか、日の丸まで描き込むわけにはいかなかった」

「いいんですよ、これでじゅうぶんです」

格納庫から完全に引き出されたＹＢ49は、朝日を反射しつつ駐機場で停止した。機体のちょうど真下はいくらか掘り下げられており、そこには魚雷に翼をつけたような物体がうずくまっていた。かなり大きい。その形状ゆえに前後の長さは大したことがないＹＢ49より長いほどだった。

「妙な話だとおもいましたよ、最初は」

パイロットはいった。

「しかし、考えてみれば道理だ」

「んふふ」

黒木は口元を悪魔のそれに近づけて笑った。

「そうだな、五、六度も実験をやればうまくゆくはずだ」

ＹＢ49の周囲では、作業服を着込んだ男たちが魚雷型の物体――ただし、先端はかなり鋭い形状だった――が載った架台の折り畳まれた脚部を伸ばし、機体下面の固定装置におしつけようとしていた。

キタザキが奇妙な実験をおこなっている――合衆国空軍にそのような情報がもたらされ

たのは、黒木とパイロットが会話を交わしていた朝よりさかのぼること二週間前のことだった。

彼らはその情報をまず防衛庁——自衛隊ラインから探ろうとした。しかし、防衛庁はキタザキが何をおこなっているのか、まったく情報を持っていなかった。

隠しているのではないか、合衆国空軍、その情報部門の人々はそう考えた。

彼らは、日本人が強烈な（そして偏狭な）自我の持ち主であることを知っており、内心で、戦時になればほとんど自分たちに指揮されることになる現実を好んでいないと知っていた。実際は、キタザキとミサイル部品以外での関係をほとんど持たない防衛庁は、本当に何も知らなかったのだが、合衆国空軍には（彼らの常識から考えて）そう思えたのだった。

ますます疑いを深めた彼らは、次の手をうった。キタザキと関係の深いノースロップ社、より具体的に述べるならば元社長のジャック・ノースロップに協力をあおいだのだった。

だが、ノースロップの返答はにべもないものだった。ジャック・ノースロップは、キタザキは重要なビジネス・パートナーだったが、私にすべての企業秘密をあかす義務を持っているわけではないとこたえた。それに君たち、私はすでに引退しているのだよ。それがだれのおかげと思っているのかね？

搦手からの工作がうまくゆかないのであれば、残された手は限られていた。空軍情報部は、あるていど荒っぽい手を用いた調査を考えたが、占領が終わって何年も過ぎた後ではさすがにそこまでのことはできなかった。このため彼らは、純粋な軍事的偵察手段――写真偵察、無線傍受等々の方法を用いて、キタザキの動静を探った。

偵察写真や傍受記録がもたらした情報は彼らを驚愕させることになった。キタザキは、かつて彼らが放り出した爆撃機を改造し、それに大型の有翼ロケットを搭載していた。いまのところ、搭載時の空力を調べる段階らしく、発射実験はおこなわれていない。しかし、空軍情報部は、その正体をわずかな時間で断定した。キタザキは、空中発射型ミサイルを開発しつつある――彼らはそう決め込んだ。

空軍情報部がそう断定したことについては、それなりの理由があった。彼らは、世界の誰よりも、その種の兵器について詳しかったからだ。

意外に思われるかもしれないが、合衆国空軍は第二次大戦が終わった何年か後になっても、いわゆる長射程弾道弾（後にＭＲＢＭ、ＩＲＢＭ、ＩＣＢＭと呼ばれるようになる兵器）を有効な装備とはみなしていなかった。

大まかにいえば、兵器とは、その使用目的を限定したうえでかたちづくられるべき工業製品である。この点は、他の工業製品と何らかわりがない。あれもこれもと欲を出した場合、製品としては必ず失敗する。たとえば、どれほど大きな威力を持っていようと、まとまった数を生産できないほど価格が高くては意味がない。先進的な技術を採用した結果としての高性能を有していても、それゆえに故障しやすいようでは、やはりつかえない。

合衆国空軍が長射程弾道弾に関して抱いていた不信とはこれだった。大洋を飛びこえ、はるか敵国の中心部に向けて打撃を加えるべき兵器システムとして、弾道弾はあまりにも不安定な部分があった。ＩＣＢＭやＩＲＢＭを転用しておこなわれた合衆国のロケットが、その当初、まともに飛び上がらなかったことがそれを証明していた。

このほかに彼らが重視したのは、一般にいう命中率に存在する問題だった。もう少し突っ込んで表現するならば、ある目標に対して弾道弾一発を発射した際に期待できる《シングル・ショット・ヒット》（目標）破壊能力《プロバビリティ》の低さだった。

頭文字を取ってＳＳＨＰと称されるこの概念はパーセンテージであらわされ、当然のことながら一〇〇パーセントなどという兵器は存在しない。つねに完全な状態で製作され、完全な環境で運用され、完全な手順をふんで使用されることなどあり得ないからだ。

弾道弾の誘導方式が持つ欠点もＳＳＨＰをさげた。

ほとんどの弾道弾は、ジャイロ・スコープで方位を、加速度計で飛距離と速度を測定・計算しつつ飛行コースを修正してゆく慣性誘導（いまだに成熟されていない方式で、システムの一部を地上に置く場合も多い）を採用していたが、その誘導方式には飛行時間が長くなればなるほど誤差が増大するという欠点があった。

合衆国空軍にいわせるならば、長射程弾道弾は（反応弾頭が持つ大きな破壊力を考慮してもなお）ＳＳＨＰが低すぎた。

ケネディ政権成立後、何が何でも全面報復という従来の大量報復戦略にかわり、敵が使用した兵器に合わせた兵器で報復をおこなう――通常兵器には通常兵器で、戦術反応弾には戦術反応弾で――エスカレーションの概念を取り入れた柔軟反応戦略が採用されたため、ＳＳＨＰの低さはさらに問題となった。

たとえばソヴィエト本土にある堅固な建築物内の高級司令部を叩く場合、八〇〇キロほど弾道飛行をおこなった後に、よほど目標のちかくに着弾しなければならない。一メガトンの弾頭を持つ弾道弾ならば、悪くても数百メートル以内（一キロ以下）というのが相場だ。

一メガトン級の反応弾なら一キロ程度のずれなど問題ないではないか――という考え方は、目標が堅固な構造物、特に地下構造物だった場合、正しくない。構造物の場合、その内部に被害を及ぼすにはまず外壁を破壊せねばならないが、一キロも離れてしまうと、破壊するにたる圧力が得られない可能性が高くなる。その建造物に放射線防護措置が施されていた場合、ただ地表を焼き払うだけの結果に終わりかねない（鉄筋コンクリートの建造物がいかに衝撃や熱に強いかは、その実戦使用時の教訓、つまり広島や長崎の被爆状況からも証明される。いわゆる原爆ドームがその好例だ）。

弾頭の運搬体たるロケット・ブースターはあてにならず、うまく飛んでも効果を発揮するかどうかわからない——これでは信用できるはずがなかった。

これらの不安材料を解消するには、

弾道弾の誘導装置の性能を改良する

同一目標に対して多数の誘導弾を発射する

弾頭の威力を増大させる

——という方法が考えられるが、それぞれ問題が存在した。

誘導装置の性能を上げるには莫大な費用と長い時間が必要とされる。多数の発射は費用の増大や敵国の過剰反応の誘引から、先に爆発した弾頭による後続弾頭の破壊にいたるさまざまな面倒を引き起こす。そして、弾頭威力の増大は——柔軟反応戦略、さらには戦争の意味そのものを失わせる。

合衆国空軍が、長射程弾道弾を必ずしも重視しなかった理由は、こうした要素がからみあい、そこに従来の兵器、戦略爆撃機という空軍の既得権が影響を与えたからだった。彼らは、長射程有翼ミサイルや、爆撃機を手放そうとはしなかった。V1の発展型ともいうべき長射程有翼ミサイルは弾道弾よりSSHPが高いとされていた（大気圏内を飛行するため、速度は遅かったが）。

また、人間の操る戦略爆撃機は、それが敵地に侵入できさえすれば、いかなる反応兵器をもうわまわる柔軟性——途中で呼び戻すことができ、命中率も高い——を発揮した。正直な話、合衆国空軍が弾道弾開発に本腰で取り組みはじめたのは、ソヴィエトがコロリョフのロケット・ブースターを用いたＩＣＢＭを試験しはじめた後だった。

合衆国空軍がこのように出遅れた理由は、そのドクトリン――あるいは、軍人という種族の思考法にも原因がもとめられる。

通常、軍人はつねに大威力の兵器をもとめたがる性癖を持つと考えられているが、それはまったくの誤解だ（もちろんそのような人物が皆無であるというわけではない）。

彼らがほしがっているものは、自分たちが果たすべきものとされている任務を、もっとも単純な手段で充足できる兵器だ。

その点からいえば、反応兵器（反応弾・融合弾）は捉え方の難しい装備だった。

それは数と威力を増大させた場合、敵国を文字どおり焼き滅ぼすことができる。

しかし――軍人の任務とは戦争に勝利することなのであって、ひとつの焼けこげた大陸をつくり出すことではない。

古典的な戦争目的とは、戦勝国が、そこから何らかの利益を得ることだ。敵国が本当に滅びてしまったのでは意味がない。ローマがカルタゴを滅ぼしたように、長期的に、段階的な手順をもってそれをおこなうのならばまた別だが、事態の展開が急速になっている二〇世紀で、それをおこなうことは不可能といってよい。

こうした意味において、ただひたすら大威力の兵器をもとめる人々は、究極の反戦主義者といえる。彼らは、戦争の意味を消失させるほどの兵器をつくり出すことで、戦争に備えているつもりになっているからだ。

そしてもちろん、軍人たちは反戦主義者ではない。戦争を嫌い、おそれてはいるが、それが現実になったときに誰が戦うべきであるのかは心得ている。彼らの信じる軍事戦略上の戦争目的とは、なるべく味方の損害を少なくおさえて、敵国の戦意を早期に喪失させることだ。

合衆国空軍も、こうした考え方の例外ではない。彼らは、新たな兵器体系として登場した反応兵器も、従来の兵器と同様の視点で捉え、伝統的な軍事戦略上の目的に適合させようとした。

軍人たちの考える敵国から戦意を奪う単純な方法とは、彼らの軍事力を無力化してしまうことだ。より小さなレベルでいえば、軍事力を運用する組織――指揮機構と、もっとも強大とおもわれる戦力（部隊、兵器）を機能できなくすることである。

合衆国空軍の立場からいえば、これは、ソヴィエトの各高級司令部、戦略爆撃機、ＩＣＢＭ等をはやい段階でつぶしてしまう、ということになる。方法はとなれば、単位あたりの威力がもっとも大きい反応兵器でだ。

必ずしも大きすぎる威力をもとめない、という発想はここで現実に影響を与えるようになる。

いたずらに威力の大きな反応兵器は、周辺の都市その他、壊す意味のない――いや、戦争目的からいえば残っていなければ困るものまで吹き飛ばしてしまう。これは往々にして敵国を逆上させ、無意味な戦争の拡大にはしらせる結果をまねく。つまり、反応兵器は、目標を一撃で破壊できるだけの威力を持っていればよい。それならば、あてにならない弾道弾より戦略爆撃機のほうがよほどましだった。

ただし、戦略爆撃機重視論にも多少のあやしさはあった。はたしてそれがソヴィエトの防空網を突破できるものかどうか、疑問が持たれたのだ。

合衆国空軍は、これに搭載兵器の変更で対抗した。これまでの反応弾（自由落下爆弾）にかわり、敵の迎撃圏外から発射されるスタンド・オフ・ミサイル――長射程空対地誘導弾を開発したのだった。一九五九年に実戦配備の始まったGAM77ハウンド・ドッグなどがそれだ。一メガトンのW28系列反応弾頭を備えているから、立派な戦略兵器だった。

この、ターボジェット・エンジンで推進されるミサイルは、最大速度マッハ2、初期型で六八〇キロ、後期型で一二〇〇キロの最大射程を有している（ただし射程は装備する弾頭が最適化されたものでない場合、半減する）。

興味深い点は、このハウンド・ドッグの誘導方式があやしげなものとされた慣性誘導であったことだが、誰もその点を批判しなかった。

弾道弾にくらべて飛行距離が短いため、誤差が小さくてすむという理由もあっただろうが、このあたり、軍隊もまた政治的存在であることを証明するような話ではあった。

合衆国空軍がキタザキの開発した謎の物体をハウンド・ドッグと同様のものと判断した理由の背景は（かなり長くなったが）こうしたものであった。なるべく日本政府を刺激したくなかった彼らは、沖縄からRC121Cウォーニング・スター早期警戒機とERB47H電子偵察機（後者は本国から持ち込んだ）、くわえてRB57D偵察機を飛ばし、キタザキの実験を監視することとした。

機体下面に大きな魚雷型物体を積み込んだB49が離陸したのは、一九六一年六月二八日午前八時三〇分のことだった。B49はそれから二〇分ほどかけて九州南西沖合のKS3民間訓練試験空域へと飛行した。そこへはすでに先発隊が到着していた。テレメトリ用の装置を搭載した観測船（といっても排水量一五〇〇トンの、古い貨物船を改造したもの）と、B49の一時間前に試験場を離陸していた観測機（これまた中古のDC3改造機）だった。DC3の胴体上面は、部分的に腫物でもできたかのように膨れ上がっていた。北崎重工の電子製品部門があり合わせの材料ででっち上げた機載レーダーがそこにおさめられているのだった。機体の塗装はB49と同じだ。

DC3には黒木が乗り込んでいた。

レーダーのコンソールやテレメトリ・データ受信／記録装置で埋まっている胴体の中ほどで、彼はレーダー・ディスプレイを操作員の肩越しにのぞき込んでいた。

「やっぱりこっちをのぞいてます」

ヘッドセットをつけたレーダー手がいった。

「どこの連中だかわかるか？」

やはりヘッドセットをつけた黒木がたずねた。解答を知っている表情だ。

「このあたりにはロシア人も中国人も出ばってはきません」

レーダー手は間接的な表現でこたえた。

「ましてや、自衛隊などではない」

「ですね」

口もとに苦笑を浮かべてレーダー手はうなずいた。彼は、航空自衛隊から引き抜かれて北崎に入社した男だった。もちろん、合衆国に派遣されてレーダー教育を受けた後に、だ。

「交信できるかな？」

「どんなチャンネルでも大丈夫でしょう。連中、全部を傍受しているはずです」

「ふん」

黒木は唇をV字にした。

「コールサインはわかるか？」

「そうですね」

一瞬、記憶をさぐる表情を浮かべてレーダー手はこたえた。

「コピーでしょう。沖縄にいる空軍のあやしげな飛行隊は大抵それです」

「うん――切り替えてくれ」

黒木は通信手に命じ、訓練空域を取りまくようにして飛行している機体へ航空英語で呼びかけた。

「コピーフライト。こちらはキタザキ０２１。君たちは我々の試験飛行空域に侵入している。ことを荒立てたくないのならば、ただちに退去されたい」

返答はなかった。

「まちがいありません。連中、合衆国の電子戦機です。ミサイルでも打たれない限り、黙ってますよ」

「だろうな、やっぱり」

黒木は薄く笑った。ヘッドセットをコクピットに切り替え、ＤＣ３のパイロットへ命じる。

「村木君、すまんが機首を二〇度ほど西に振ってくれんか。速度もちょっと上げてくれ」

「了解」

機体が左に傾いた。このＤＣ３を操縦しているのは、戦時中、海軍の零式輸送機――Ｄ

C３を勝手にコピーした機体——を操縦していたヴェテランだ。腕は文句なしによいが、戦後、自衛隊の取り入れた合衆国式の教育法になじめず操縦資格を取れなかった男だった。この点はB49を操縦している男も同じだ。

「コピーフライト」

黒木は再び通信機へつないだヘッドセットのマイクへ呼びかけた。

「こちらの機体に搭載した高分解能カメラでそちらの機影を撮影した——我が社の、測地観測用試作品だ」

レーダー手や通信手が妙な顔をして黒木のほうへふりかえった。このDC３はレーダーその他を搭載しただけでペイロードがいっぱいになっている。少なくとも七〇キロははなれている機体を撮影するような望遠カメラなど搭載していない。

「君たちがなおも同盟国民間機の行動を妨害しつづけるならば」

黒木はV字をさらに深めつつ呼びかけた。

「現像した写真と抗議文を合衆国報道機関に送付し、実験を妨害されたことについての賠償を合衆国政府に請求する。それじゃ、さよなら」

黒木は、背中をふるわせて笑い出したレーダー手の肩越しに再びディスプレイをのぞき込んだ。試験空域の周囲を飛びまわっていた輝点は南西へとはなれつつあった。一機だけ違う方向——北東に向かっている。

「P空域に向かっています」

笑いをおさめたレーダー手が素早くいった。

「自衛隊と連中の訓練空域です。そこなら文句が出ないと思っているんでしょう」

「ま、いいや」

黒木はいい加減な発音でうなずいた。

「のぞかれてもいいんですか？」

「将来の顧客かもしれんからな」

黒木はうなずいた。

「何、あまりにもでかい態度を取るから、ちょっといってみただけのことだ――051につないでくれ」

キタザキ051はB49のコールサインだ。

「021より051。ま、こんなところだ。やっちゃってくれ」

「051了解、試験開始する」

レシーバーにB49の応答が響き、ディスプレイ上に示されていたその輝点の移動速度がはやまり出した。

パイロットはスロットルをいっぱいに開き、すでに十分なエネルギーをためこんでいた機体を上昇にいれた。どんどん重くなってくる操縦桿をゆっくりと、だが全身の力をこめて引き寄せる。前方にみえていた水平線が消え、コクピットからみえる情景は、空だけになった。顔面の鼻から顎にかけてをしめつけたマスクに呼吸音がこもる。

はじめのうちはゆっくりと右に回転していた速度計が、四四〇ノットあたりで動かなくなった。いかに北崎の試作エンジンに換装したとはいえ、胴体下に大きな空気抵抗を発生する物体を抱きかかえて上昇しているのでは八二〇キロが限界なのだった。このまま上昇をつづければ、エンジンが過熱する。

パイロットは操縦桿を片手だけでささえ、座席の左側に取りつけられたスイッチボックスをまさぐった。その右端に取りつけられたスイッチ・レバーをはじく。

機体に衝撃がはしり、全身が座席におしつけられた。とまっていた速度計が大きな数字へ向けて前進を再開する。主翼下面に取りつけられた緊急加速用ロケットが作動したのだった。大型機としては異例の、四五度の上昇角を取りつつB49は上昇した。ロケットの強引な加速に機体がふるえている。しかし、危険は感じられない。さすが、五〇年代の合衆国が生み出した工業製品だった。

機体に軽い震動がつたわった。速度計が四七五ノット――八八〇キロ付近で再び停止した。加速用ロケットが短い生涯を終え、機体から切りはなされたのだった。高度は一七〇〇〇メートルに達している。限界だ。

再びスイッチボックスへ手を伸ばしたパイロットは、その右側にあるスイッチレバーをはじいた。

機体下面から金属的な音が響いた。つづいて、機体が浮き上がるような挙動をしめした。一拍遅れて、下方から新たな轟音が響き、前方に向けて何かが飛び出した。視界をさえぎるような白煙を引きつつ、高みに向けてかけのぼってゆく。

「発射しました」

レーダー手が報告した。

「うまくいっているようです、加速しつつ051からはなれてゆきます」

高度の報告はない。さすがに、角度を測定する機能を持った――つまり高度のわかるレーダーまで搭載できなかったからだ。

黒木はテレメトリ・データ受信機から吐き出される計測紙をながめていた。

そこには、発射された物体の慣性誘導装置から送られてくる方位、加速度、飛距離の生データが記されていた。方位は一定、加速度は増加、その割りには飛距離がのびていない。

「第一大井よりキタザキ021」

洋上の観測船から通信がはいった。

黒木は応答した。

「021、飛翔体部長だ」

「RA01は加速しつつ上昇している」

「マッハはこえたか？」

「とうの昔に。現在、なおも上昇中」

「了解」

黒木は笑み崩れる、という表現を現実のものとした表情だった。吐き出されてくるデータは、B49から放たれた物体がなおも加速中であることをつたえていた。

「よしよしよし」

妙に高い声を出しつつ、黒木は計測紙をにらんだ。

「どこまで行けるものか、みせてくれよ」

物体は高度三八キロで第一段及び補助ブースターを切りはなした。第二段に点火、加速しつつさらに上昇する。

三〇分後、黒木は試験場に通信を入れていた。

「021よりキタジュウ3。本社に連絡頼む。発、飛翔体部長。宛、社長。第一次試験成功。到達高度二八五キロメートル。以上」

通信を終えた彼は、ヘッドセットをはずした。両耳に、主翼に取りつけられているエンジンの轟音が響いてくる。それはまったく不快な音響ではなかった。

数分後、レーダー手たちは、彼らの飛翔体部長が轟音とヘッドセットを通してすらきこえてくるほどの大きさで笑い転げていることに気づいた。

翌日、北崎重工業株式会社代表取締役社長北崎望は、彼の部下たちが、二段式空中発射型宇宙ロケットRA01の発射実験に成功したことを発表した。

到達高度二八五キロは、もちろん大気圏外だった。

この数字は、地球軌道到達まではいまだほど遠いものの（理論的には、高度六五〇〇キロまで到達できるロケットでなければならない）、高層観測用ロケットとしては――そして、一企業が開発した試作品としてはきわめて満足のゆくものだった。

報道各社をまねき、RA01の実物まで公開した御披露目だったにもかかわらず、反応ははかばかしくなかった。

数ヶ月前、東京大学生産技術研究所が、秋田県道川海岸の射場から、カッパ9L型を打ち上げ、到達高度三五〇キロを記録していたからだった。

いったい、私企業が何を考えて性能の低いものをあえて打ち上げるのか、そう質問した記者すらあった。

ただし、国家予算でおこなわれている宇宙開発の現状を知っているごく少数の記者と、妙に堅く背広を着こなしていた数名の日本人と白人は異常なほどに興味を示した。

RA01は慣性誘導装置を搭載し、液体燃料型ロケット・ブースターを使用していた。そして、打ち上げ費用はカッパ・シリーズを試験段階で大きく下まわっていた。誘導、液体燃料ロケット・エンジン、費用。それらはいずれも、日本のロケット開発のネックとされている技術ばかりだった。

二　日常

――一九六二年一〜九月

「積水、極ム可カラズ
安《いずく》ンゾ滄海ノ東ヲ知ランヤ」

——王維

1

元旦、年賀の挨拶をかわした後は、子供たちにとってもっとも楽しい半日の始まりを意味していた。たとえ一日中あそびほうけていても誰に怒られることもない。大きな炬燵《こたつ》の上にはつねに御馳走が並べられており、好きなものだけを好きなだけ食べることができる。普段はいささかの堅苦しさを有している大人たちはその日に限って奇妙に優しく、そればかりか、小さな袋におさめられた御小遣いまで手渡してくれることもある。これほど楽しい要素がそろっているのでは（たとえ前日どれほど夜更かししていようと、またはどれほど寝坊してもかまわぬ日であろうと）、遅くまで彼らが寝ていることなどありえなかった。かててくわえて、これから数日間は一年のうちこの時期にしか会えない貴重な遊び相手、いとこたちがいた。

原田克也の三人の子供たち、その下の二人も例外ではなかった。やや内気な小学生の次男、英司《えいじ》は、原田の両親宅の一室で父親の弟妹の子供たちとプラスチック製鉄道模型による支離滅裂な路線をつくりあげて鉄道経営に関する経験を積み上げていた。活発な三男の光男はかなり気温の低い屋外で、やはり彼と同様の資質を持ついとこたちと古典的な正月の遊びを楽しんでいた。

「和己《かずみ》は儂の書斎にいる」

酒によって顔面の血管に負担をかけている原田の父親はいった。

「爺ちゃんのコレクションをのぞかせてもらっていいかしら、だとさ」

それだけいって老人は楽しそうに笑った。ことし大学二年生の初孫が若き紳士としての態度を示したことがよほど気に入っている様子だった（戦後の混乱の影響で、原田の最初の子供とその後の子供は少し年がはなれる結果になっていた）。

「気をつけたほうがいい」

原田は父に微笑を浮かべていった。

「彼はあなたのそろえている特殊な文学作品を遺産として要求するつもりだ。大学でよからぬ友人とともにあの手の本を読みあさっている。あれが高校生のころ、合衆国軍の基地へ出かけるたびにペーパー・バックを買ってきたことがいけなかったようだ。どうやらそれは、英語の独習いじょうの影響を与えてしまったらしい」

「コレクターにとって最大の幸運だな」

父親は原田とほとんど同じ種類の諧謔《かいぎゃく》の持ち主だった。

「後継者を見つけ出すこと、それが血族であること。これにまさる喜びはない。このあいだ、戦時中の欠番がようやくうまったばかりだ」

「僕は警告したよ」

原田は微笑を浮かべてうなずいた。

「おまえはいまだに父親の趣味を蔑んでいるようだな」

と、老人がたずねた。

「まさか」

原田は大きく首をふった。

「ただ、最近の一般的な作風が徐々に気に入らなくなっているだけだよ。哲学的になるのも結構だが、適当なところでおさえねば。まずは純粋な喜びをつたえた後に、その他の何かへ進むのでなければ。そうでなければ、クラウゼヴィッツだけを読んで戦争についての何たるかを理解したつもりの連中と同じになってしまう」

「その点については」

老人は左腕――というか、本来そう呼ばれるべき部分をわずかに動かした。彼はその前半三分の一にビルマの密林で別れを告げていた。

「外地に行くまでの儂も大してかわりはないな」

「しかし、少なくとも統制派などという輩ではなかった。肩から紐をぶらさげて喜んでいた蛮人どもの仲間でもなかった」

原田は父親におさえた声でいった。彼の父親は陸軍大学を次席で出たほどの男でありながら、その後、軍を支配した政治的な参謀将校たちと対立し、ポツダム大佐で敗戦を迎えたのだった。

「兄さん、そういえば昇進なさったんですってね」

酒の弱い兄――原田にとっての弟――を寝室へ引っ張っていった妹の真奈美《まなみ》が戻ってきていった。たずねるというわけではなく、確認するような口調だった。

「ああ。責任は増え、自由が減った」

「一等空佐。昔でいうと何になるの？」

「空軍大佐、だね。昔の日本には空軍などなかったが」

「大佐？　偉いのね」

原田と少し年のはなれている妹は困惑を含んだ賞賛を口にした。あるいは、あまりにもはやくこの世に別れを告げた自分の夫に与えられるべきだった未来について考えているのかもしれなかった。一九四五年六月、彼女の夫は、いまだに合衆国の占領下にある島へと出撃し、靖国神社へ祀られる資格を手に入れていた。最初の――そして、ただ一人の息子は、そのとき、まだ母親の胎内にいた。

原田は妹の表情を探るような目つきでみつめた。彼の顔面には、きょうだいだけが示すあの気易さも含まれていたが、ただそれだけをあらわしている表情というわけでもなかった。

「別に偉くはないさ」

原田は微笑を浮かべて妹に説いた。

「僕は指揮官ですらない。昔の言葉でいえば、参謀のような仕事をしているだけだから」

「自衛隊が」

妹は兄の言葉をまったくきいていなかったようだった。

「戦争になったとき、米軍の命令を受けるというのは本当なの？」

「唐突な質問だな」

「本当なの？」

「我々が資本主義体制のもとで生きているという現実は無視できない」

原田は肩をすくめた。

「しかし、だからといってそれが奴隷として日々をおくっていることを意味するわけでもない」

「お正月だというのに」

元旦から忙しく立ち働き、集まってきた息子や娘、孫たちを甘やかしている（息子の妻たちは当然、その例外だ）原田の母親が何かが入った小鉢をいくつか運んできた。

「ずいぶんと物騒な話をしているのね」

「兄さんにいろいろ教えてもらっているだけよ」

真奈美はいった。

「おまえも手伝ってくれないかね」娘の声に含まれている感情に気づいた母親が口を挟んだ。

「佐代子さんや敦子ちゃんに手伝わせてばかりじゃ悪いから」

「あら、佐代子義姉さんなら大丈夫よ」真奈美は少し大きな声でいった。

「何といっても、空軍大佐夫人なんですもの」

「真奈美」普段は彼女にひどく甘い父親がたしなめた。

「表現は正確にすべきだな」精神の平衡を保つため、微笑を浮かべたまま原田はいった。

「一等空佐夫人だ。それに、この種の表現は用いるべきではない。彼女はあくまでも独立した人格だ。僕の所属物ではない。たまたま、彼女の夫がそうした職業についているにすぎない」

「克也、いいかげんにせんか」

「それで、さっきのつづきはどうしたの？　兄さんたちは、植民地兵なの？」

「日本は戦争に敗北し、降伏し、占領されただけであって、植民地化されたわけではない。

それに、サンフランシスコ講和条約により、すでに国家主権は回復されている」

「認めていない国もあるわ」

「そうした国は、こちらがポツダム宣言受諾を通告した後も戦争行為を継続した」

「なぜ独立国の軍隊——いえ、自衛隊ね——が外国軍の命令を受けるの？」

真奈美は兄が所属する組織を妙に間延びさせて発音した。

「国民生活に過大な負担をかけずに国土を防衛する、そのためだね」

「そのために街を焼き払う練習をしているの？」

「僕がやっているのはミサイルだよ」

「どこかを攻撃するために」

「いや、日本を爆撃にきた連中を撃ち落とすミサイルだ。技術的なことはさして詳しいわけではないが、そういうことを扱っている」

彼は努力して刺激的な表現を避けていた。ついこのあいだまで、新島ミサイル射場について現地住民（そして彼らを刺激した左翼団体）がおこした反対運動、その解決に協力していたのだった。空自だからといって、何もかも合衆国で試射してくるというわけではない。

「いつも」

一瞬、言葉に詰まった真奈美は兄をにらみつけていった。

「答えを用意してあるのね。どんなことがあっても、その理由をつかんでいる。兄さんはいつもそうだった。ドイツから帰ってきたときもそうだった。あたしが、みんなたいへんだったといったら——爆撃されないだけ幸せだったと思えって。食べ物を手に入れるため、母さんがどれだけ苦労したか」

「その苦労を否定しているわけではないよ。しかし、東京やベルリンはもっとひどかった。満州もそうだな。苦労は食料についてだけではなかった。ビルマの密林でいったい何があったかをおもってもよい。少なくとも、おまえが暮らしてきたこの湯沢の郊外よりはたいへんであったはずだ」

真奈美は憤然としたようすで立ち上がり、台所へと歩いていった。

「いまさら性格を直せとはいえんが」

父親があきらめたような口振りでいった。

「おまえ、その調子じゃ少将にはなれんぞ」

「空将補、だよ。それはともかく、まったくあなたのおっしゃるとおりです。父さん」

「ミサイルか」

父親は長男の顔をみつめてつぶやいた。

「歩兵将校がミサイルとはね」

「自分でもおもってもみなかった」

「いささか自責の念をおぼえるな」

父親は左腕の残された部分、その先の空間をみつめていた。失われた左手ならば、その疑問にこたえられるといわんばかりの顔つきだった。

「未来の参謀総長に、アメージングなど読ませるべきではなかった」

「クラウゼヴィッツよりはましだと思う。それに、いまでは統合幕僚会議というんだ」

原田克也陸軍中尉が日独連絡業務のためドイツへと赴いたのは一九四〇年末のことだった。すでにフランスはドイツの占領下にあり、大西洋と地中海では独軍Uボートと英海軍の死闘が繰り広げられていたから、尻の痛みにたえつつ、シベリア鉄道経由でベルリンの陸軍武官事務所へと赴任した。ドイツのような同盟国の場合、駐在している陸軍将校の数は少ないものではない。

「何ともいい加減な任務だな」

陸軍武官事務所で原田に与えられた任務を知った少佐が羨ましそうにいった。彼はドイツで装甲車輛の情報収集にあたっている男で、とりあえず、原田を監督することになっていた。

「いやすまん。自由裁量の度合いが広い、そう表現すべきだな」

「正直申し上げて、何をなすべきかいまだに迷っております。よろしく御指導ください」

「まぁ、帰朝命令に間に合えばいいんだ。しっかり両目を開いておくことだな。おまえさん、こっちは？」

少佐は口もとに右手をあて何度か指を屈伸させた。

「日常会話に不自由はないとおもいます」

「うん。じゃあ、専門用語のほうを急いで勉強しろ。おぼえておいて損はない。通訳ではつたわらない内容もある」

「心得ました」

机上の電話が鳴った。事務員が外出している時間であったため、少佐が直接それを受けた。

「はい、武官事務所。はぁ、え？」

少佐は上目遣いに原田のほうをながめた。

「了解しました。ただちに」

電話を切った彼はいった。

「おまえさん、よほど大物の息子か、要注意人物なようだな。大使閣下が挨拶にこいとの仰せだよ」

「ほウ、貴公、あの原田の長男か」

いまだ戦前の華やかさが完全に失われてはいないベルリンの日本帝国大使館へ挨拶に赴いた際、駐独日本大使、大島《おおしま》陸軍中将は授業参観に出席した父親のような顔をしていった。

「はい」

原田は控えめな表情でこたえた。父と陸軍士官学校の期数がそうはなれていない上官たちが示す独特な反応に、彼はもうなれていた。

「父上は御健勝か？」

「最後に会ったのは、大隊長を拝命して出征する前のことでした」

「貴公、実戦は？」

「大陸でいくらか」

原田は短くこたえた。

「さほどのものではありませんが」

「ま、こちらにいるあいだ、大いに勉強することだ。ドイツ陸軍はまちがいなく一流だからな」

「はッ、心がけます」

「よろしい。可能な限りの便宜は講じてやる。それが貴公の任務だし、父上に対する恩返しでもある」

「はッ」

原田は大使の言葉をありがたく受け取る表情で返答した。原田の父と同世代の陸軍将校たちの中には、彼によって自分の経歴がすくわれたと信じている者が少ないことを原田は知っていた。そして彼は、他者の好意を意味のない自尊心で無駄にするほど純真な年齢というわけでもなかった。大陸で八路軍の便衣隊と戦っているあいだに、そのような感情はどこかに置き捨ててきたのだった。

当初、一年ほどですむはずだったドイツ駐在は長引いた。彼がそこにいるあいだに、海軍が真珠湾を奇襲し——独軍が対ソ侵攻を開始したからだった。東欧を経由してソヴィエトに入り、帰国することはできたが、そのような特殊な手段で帰国ができる人々の数は限られていた。少なくとも、一陸軍中尉に可能な方法ではなかった。この結果、原田は戦争の残りの期間のほとんどを欧州で過ごすことになった。

「みろ、これこそが戦車と呼ばれるべき兵器だ」

ドイツにやってきてから二年あまりがすぎたある夏のこと、ベルリン郊外の陸軍兵器試験場で少佐がいった。彼は原田をともない、ドイツ陸軍が同盟国武官たちに公開した重戦車を見学していた。

「Ⅵ号重戦車E型ティーゲル。主砲八八ミリ——装甲はどうかしらんが、我々の九七式や一式などくらべものにならん」

長方形に近い箱形の車体と、円形の断面を持つ砲塔から太く、長い砲身を突き出しているドイツの重戦車をみつめている少佐は、高等女学校の女学生が男女関係について語っているときのそれに似た表情を浮かべてそういった。

原田がその魁偉なフォルムを持つ戦車に感銘を受けなかったといえば嘘になる。分厚い装甲鈑で形成された車体や砲塔、いかなる連合軍戦車も遠距離で撃破可能な主砲。重ね合わされるようにして配された転輪。幅の広い履帯。すべてが男性的な象徴性を有していた。男であれば、それらのすべてが乗された結果として生じる凶々《まがまが》しいオーラにあらがうことはひどく難しい。それは純粋な暴力だけが持つ強烈な魅力（不適当な形容だが、これ以外に表現すべき言葉がない）を周囲に発散していた。

「しかし、どうでしょうか」

戦車から発せられる何かに魅入られることを避けるため、ほんの数秒、両目を閉じた後で原田はたずねた。

「質問は明確な言葉でおこなえ」

あれこれとドイツ軍の技術将校に質問していた少佐はうるさそうにいった。

「で、なんだ？」

「ドイツ人たちはこの戦車を何のためにつくったのだろうか、そういうことです」

「ロシア人の戦車に対抗するためだろう」

「ああ、もちろんそうですが。自分がおたずねしたいのは」

　原田は内心でいくつか言葉を選び出し、つづけた。

「この戦車が想定している戦術的な運用環境というべきものです」

「戦術的運用環境？」

「一見したところ、このティーゲルは機動性が高いように感じられません。というより、機動性よりも砲力と防御力を重視してつくられていると表現すべきでしょうか」

「確かに」

　少佐はわずかな驚きの色を浮かべてうなずいた。

「そうともいえるな――いや、技術的にではなく、戦術的にいえばまさにそのとおりだ。おまえさん、勉強しているな」

「であるならば、ドイツ人が最初に何を考えてこの戦車を開発したのであろうと」

　原田は砲身に注目しつつ自らの疑問に自力で解答を示した。

「運用される環境はただひとつということになります。防御戦です。いわゆる電撃戦《ブリッツクリーク》には、まったく向いていません。あるいは陣地突破戦闘に使用される場合もあるでしょうが、そのような機会は限られているでしょう」

「なぜだ？」

「少佐殿、この戦車の重量はどれほどだとおもわれますか？」

「まぁ、戦闘重量で六〇トン、そんなところだろう」

「それが答えになります。六〇トンもの鉄を必要とする戦車――つまり値段が高く、生産性の低い戦車を、損耗の多い陣地突破戦闘に投入するなどという贅沢な真似がたびたびおこなえるでしょうか？　それに、これほど重い戦車を自由に運用するのに適しているのは、よほど戦車の機動に適した土地だけです」

「おまえさん、かなり物騒なことを口にしているな」

「かもしれません」

原田は苦笑いしてうなずいた。

「ドイツはこの戦争に負けかけているのです。そうでなければ、防御戦闘にしかつかえないこのような戦車を開発するはずがありません」

「うん」

日本語がわからぬため、彼らの会話をにこやかな表情でながめているドイツの技術将校に軽く会釈しつつ少佐はいった。

「しかし、技術的には優れている。学ぶべきところは多い。正直いって、我々はこれほどの戦車をつくれない。まだまだだよ」

「はい」

原田は微笑を浮かべてうなずいた。内心ではまったく別のことを考えている。

技術力の差。それもまた程度問題だ。

らだ。陸軍国であるから、それもまた当然だといえる。

これに対して自分の祖国は——陸軍軍人たる自分がそうおもうのは面白くないことだが——海軍国だ。陸軍、そして兵器というものについて、おのずと別の立場に立たざるをえないのではないか？　確かに我々にはこんな戦車はつくれないだろう。その点に留意し、研究は進められるべきだ。

しかし、ドイツ人には日本の海軍が二〇年ちかく前から保有しているような正規空母がいまだにつくれないことも忘れるべきではない。そして、海軍がいかに予算を喰うものかについても忘れてはならない。日本のような、決して豊かとはいえない国で、あの強大な（このとき、原田はミッドウェイの敗北を知らなかった）艦隊——歴史的な視点でいえば瞬く間につくり上げられた世界第三位の海軍を維持し、運営し、強化してゆくことがどれほどの重荷になることか？　それに加えて、現在の日本は数百万の陸軍を保有し、それに作戦行動をおこなわせている。限られた国力、乏しい資源、強大な敵——これだけの負の要因を向こうにまわして、すべてに一流であれというのは（また、すべての面で一流ではないことを批判するのは）何とも独善的な、愚かしい態度だ。

大抵の連中は忘れているのだ、原田は戦車に視線を注ぎつつおもった。そう、自分の祖国が重工業を手に入れてから、ほんの半世紀あまりにすぎないということを忘れているのだ。日本帝国陸軍が日露戦争以後、軍事技術的には二流の軍隊でありつづけた理由はそこにある。陸軍に配分される国家資源——技術者、物資、その他諸々——がつねに制限され、大部分は海軍にまわされてきたからだ。そしてそれは正しい方策だった。海軍国、いや、海洋国が海軍の整備を主たる目標とするのはまったくもって正しい。陸軍装備が遅れているのは、ある意味で必然なのだ。

ドイツ海軍は優れた艦艇を保有している？

確かにそうかもしれない。彼らが弱者の戦略として実行している通商破壊もまちがってはいない。しかし、その優れた艦艇を——特に、貴重な水上艦艇まで通商破壊でつかいつぶしてしまうのはどうしたことか。現実のドイツ海軍は、いまや、水上艦艇など持っているだけやっかいだという状態へ陥っているではないか。独ソ戦——バルバロッサ作戦の始まった当初ならば事情もことなっていたかもしれない。たとえばバルト海の奥へ全水上艦艇を突っ込ませ、レニングラード攻略を海上から援護するというような行動がとれただろう。〈ビスマルク〉級戦艦、その他の巡洋戦艦やポケット戦艦を無謀な通商破壊などに投入せず、いまだ強力であった当時のドイツ空軍の航空援護下でレニングラードへの艦砲射撃に使用していたならば——ロマノフ家の愛したあの街がどうなっていたかわからない。比喩的にいえば、戦艦一隻の艦砲射撃は七個師団に相当するのだ。ドイツ人にはそのていどのこともわからなかった。機雷？　沿岸火砲？　そんなもの、何の支援もえられないことのあきらかな外洋に向けて貴重な艦艇を送り出すことにくらべれば、大した問題ではない。

つまりはドイツ人も、一流の陸軍をつくり上げるために海軍を二流以下にせねばならなかった、そういうことなのだ。かつて第二帝国が大海軍をつくり上げた時代でさえ、その点はかわらなかった。

ああ、空軍という組織を独立軍種とした点は優れているが、その能力も限られている。フランス沿岸から飛び立った彼らは、圧倒的な戦力を持ちつつ、海峡と呼ぶには狭すぎるドーヴァー海峡の制空権すら確保できなかった。陸軍に対する直協支援能力に秀でていることは否定できないが、それだけだ。そのていどの能力ならば、こちらの陸軍航空隊にもある。そして彼らは、日本海軍航空隊のような戦略空軍は保有していない。つまりは、たとえドイツ人であったとて（産業革命に日本よりもずっとはやく対応していた彼らでさえ）すべてにおいて一流の軍隊を保有しているわけではない。

そのため（あるいは敵の数が多すぎるためか）戦争に負けかけている。やはり、どこかに不安があるかぎり、戦争など始めてはいけない、ということだろうか。

彼は口もとに自嘲的な歪みをつくった。自分が反戦論に等しい意見をもてあそんでいることに気づいたからだった。その歪みがもっと大きくなったのは――ドイツの敗北、そして日本の敗北が濃厚となった二年後、一九四四年のことだ。

ペーネミュンデ。

ベルリンの北、シュテッティンのウゼードムに存在したその地名は、かつてバルト海沿岸にありふれた漁村を指すものにすぎなかった。ペーネ川によってドイツ本土からほとんど切りはなされた陸の孤島ともいうべき場所だった。

そのさびれた土地が、ロケットに注目する者たちにとってイェルサレムにも似た重みを持つ場所への変貌を開始したのは、一九三六年三月のことだった。当時の陸軍総司令官、後に失脚するヴェルナー・フォン・フリッチュ大将に、陸軍兵器局課員ヴァルター・ドルンベルガー少佐が本格的なロケット実験場の必要性を説いたのだった。閣下、あのフォン・ブラウンという天才になにかをなさしめるためには、それが必要であります。

フォン・フリッチュはドルンベルガーの言葉を受け入れ、実験場の建設を許可した。第一次大戦後、長いあいだ空軍の保有を禁じられていたドイツは、その代用品としてロケット兵器に注目していた。このほかにも、やはり制限のつけられていた重砲（たとえば、第一次大戦時、信じがたいほどの遠距離からパリを砲撃した長砲身二八センチ砲〝パリ砲〟）にかわりうる兵器をもとめていた――という、実に陸軍らしい理由もあった。

さびれた漁村を秘密実験場兼研究開発センターとして改造するには、四年の時間と五億五〇〇〇マルクの巨費が必要とされた。

一時期、ヒトラーの無理解から開発優先順位をさげられ、計画が停滞するという時期もあった。が、後にＶ２として使用されるＡ４の研究進展、それを知ったヒトラーの変心などを受け、施設の規模、人員は拡大の一途をたどった。最盛期といってよい一九四四年には一三基の試験発射台が長く東西に林立し、約二〇〇〇〇名もの人員を抱えた世界最大のロケット・センターとなっていた（特に人員は、ロシア人が五〇年代初頭に、合衆国が六〇年代あたまに、日本が七〇年代にようやく達成できた数字だった）。原田克也がペーネミュンデを訪れたのはそうした時期のことだった。

「同地の見学が貴官らに許可された理由は、総統閣下の同盟国に対する好意と信頼ゆえであることを御了解いただきたい」

ベルリンで原田と、もう一人の日本帝国士官——海軍側から派遣された技術少佐——は、そのような警告を受けた。秘密兵器を日本人へみせることについて、ドイツ陸軍兵器局が積極的でないことは、その口振りからもあきらかだった。それもそのはず、厳重な機密保持のもとで進められてきたロケット・プロジェクトが日本人の視察を許した理由は、その実権を陸軍から奪おうとしている親衛隊が、政治的嫌がらせの一環としてヒトラーへ吹き込んだものなのだった。北方試験兵団《VKN》の通称を与えられたペーネミュンデを訪れる日本人は、ハインリヒ・ヒムラーの手先も同様——ドイツ陸軍はそのように受け止めていた。

「どんなもんだかね」

典型的な帝国様式の大使館で原田と打ち合わせた海軍少佐は投げやりな口調でそういっ

た。

「あそこは、去年、連合軍の大爆撃を受けている。英米は、ロンドンに打ち込まれた現物を回収し、研究を進めているという話だ。何ともドイツ的だよ。それを知っているのはドイツ人のごく一部と敵だけ。国民の大多数と、同盟国はその実態を知らない」

「確かにドイツ的ですね」

原田はうなずいた。ここ数年の経験で、ドイツ人の持つ独特な性癖を嫌というほどおもい知らされていた。つまり、彼らは現に独裁体制のもとで戦っていながら、強烈な個人主義の持ち主であるということだった（いや、だからこそ、社会を維持するために独裁体制を必要としたのかもしれない）。

当然、強烈な個人主義にはその暗黒面として独善的な部分が付随している。独善的なことにかけては人後に落ちない日本人の原田であっても、辟易することがたびたびあった。つまり彼らは、何もかも自分たちがもっとも優れていると考えており、他者が自分たちより優れている場合もあるとは絶対に認めなかった。軍事技術という側面において、これは特に顕著なものがあった。ドイツ人にとっての日本とは、いまだに、サムライが奇声をはり上げて日本刀を振りまわしている国なのだった（もっともこの点は、他のほとんどの欧米諸国も同様だった）。

「陸サンからは君一人かい？」

技術少佐はたずねた。

「はい」

原田はうなずいた。

「しかし君は、技術将校ではない」

「他の者は別の任務に携わっておりまして」

原田は内心でもっとも嫌っている官僚的な応答をあえておこなった。

「動けるのは、自分一人だけなのです」

「ふぅん」

技術少佐は、海軍士官に特有の、陸軍に対するある種の感情をうかがわせる発音で唸った。

「いずれ、今回の視察に関する御質問が、専門の者からあると思います」

「おいおい、海軍に頭を下げるつもりかネ？」

「戦局急を告げるおりですから。陸だの海だのとはいっておれない、そういうことかと」

「わかった」

技術少佐は破顔してうなずいた。

「こっちが紙にまとめた後なら、いくらでも教えてさし上げる」

「ありがたくあります」

原田は内心の緊張をゆるめた。自分が同行する海軍士官は、陸軍のことを好いていないだけで、根は善人であるらしいことがわかった。

ベルリンからペーネミュンデまでは、車を用いた小旅行となった。すでにドイツ本土は連合軍による連日連夜の戦略爆撃を受けるようになっており、列車を用いることは危険だった。いや、危険というほどではなくても、かえって到着が遅れる可能性があった。操車場や駅が狙われただけで、何時間遅れるか知れたものではなかった。ベルリン市民のあいだでは、昼の空はアメリカ人が、夜の空はイギリス人が支配し、地上はロシア人が支配する――ドイツの領土は地下だけ、それも鼠とモグラに奪われかけている、という冗談が流行っているほどだ。

原田たちはドイツ陸軍さしまわしの戦車のようなメルセデス、その後席に乗り込んで北への道を進んだ。運転手はドイツ陸軍の曹長だった。ドイツ人は、日本大使館の車などで乗りつけられたら、秘密保持が台なしになると考えているらしかった。

小旅行は必ずしも順調なものとはいえなかった。何度も憲兵に停止を命じられた。

「今度は何だね、曹長」

三度目に停止を命じられたとき、さすがに嫌気のさしたらしい技術少佐がたずねた。

「ヤーヴォール、ヘル・マイヨール。しばらくお待ちください」

軍隊において階級はすべての基準となる。曹長は嫌な顔ひとつせずに黄色人種の命令にしたがった。彼は車外に出て、停止を命じた憲兵に停止の理由を問いただしにいった。

「東部戦線、でしょうね」

原田はひとりごとのようにそういった。

「おそらく、フランスのどこかで再編成を終えた部隊が手近な——安全に乗り込むことのできる駅まで移動しているのでしょう」

「さすが陸サンだな」

技術少佐は感心したようにいった。

「それにしても、フランスからここまで路上を移動してくるなんて、妙だね」

「いえ」

原田は自分の推測を補足した。

「輸送途中で線路を叩かれた連中だとおもいます。よほど急いで移送する必要のある兵力なのでしょう」

一キロほど先で折れ曲がっている広い舗装道路の向こうから轟音が響いてきた。しだいに大きくなってくる。

「ほぅ、なんだね、あれは」

原田は前方からちかづいてくるものをみつめた。重戦車であることは一目でわかった。傾斜した装甲鈑で形成された車体の上に、やはり傾斜した装甲鈑でかたちづくられた砲塔を載せている。砲身は長い。八八ミリだろう。

「ケーニクス・ティーゲル」

原田はその戦車の名をいった。

「最新鋭の重戦車です。Ⅵ号b型などと名乗っていますが、まったくの別物ですね。ドイツ人は、あれで撃破できない連合軍戦車はないと断言しています」

重戦車は、おそらく時速三〇キロほどかとおもわれる速度で彼らのメルセデスの傍らを通りすぎた。一〇〇メートルほどあけて、やはりおなじ車体がちかづいてくる。

「頼もしいねぇ」

技術少佐は興味深げに次々と通りすぎてゆく重戦車の姿を眺めた。

「しかし、戦線へ送り込むのに、路上を走らせるというのはどんなものかな？」

「よくありませんね」

原田は技術将校の鋭さに素直な感銘をおぼえつつ同意を示した。

「これだけ大きな戦車ともなると、あちこちに無理がかかっています。戦線に半分到着できるかどうか、あやしいところがありますね。たとえ積み込みをおこなう駅で全車が集合するまで待っていても、戦場のちかくで降ろされたとき、すべてが動くかどうか」

「うん。それに」

技術少佐はうなずいた。砲塔正面の下部を示して続ける。

「あの砲塔、あまりよくない。みたまえ、前面が丸みを帯びているだろう。下方に対しても傾斜がついている。あれでは砲塔に命中した敵弾を車体上面に向けて誘い込むことになる」

いくら重戦車といえども、あらゆる部分の装甲を厚くするわけにはいかない。機械的な限界がある。車体が重くなればエンジンの馬力が必要になり、それは燃費の悪化を招きよせる（馬力が不足した場合、機動力が低下する）。足まわりにも無理がくる。サスペンションがへたりやすくなるし、履帯の消耗もはやくなる。このため、戦車で本当に厚い装甲を与えられるのは、第一に車体と砲塔の前面、次に側面、そして下面という順になる。車体上面の装甲は最後にちかい。

「陸軍の自分が気づくべきことですね、それは」

「何、大したことではない」

技術少佐はあいかわらず戦車を眺めていた。

「戦艦で二〇年以上前に問題となったことだ」

厳しい警備が目立たぬようにおこなわれているウゼードムに入り、北方試験兵団——ペーネミュンデに到着したのはその日の夜だった。さすがにすべての実験は終わっていた。本格的な視察がおこなわれたのは翌日のことだった。

案内役につけられたドイツ陸軍大尉は、包囲されたスターリングラードから軍命令でこのロケット・センターへの転属を命じられたという男だった。まだ若い。学生時代、ベルリン大学の自然科学部でフォン・ベッカー教授（すなわちドイツ陸軍兵器局長フォン・ベッカー大佐）の指導を受けていたことが、彼にその幸運をもたらしたのだった。もっとも、脱出しようとする将兵であふれかえった野戦飛行場でJu52輸送機に乗り込む以前に、足の指を何本か、凍傷でやられてしまったが。

大尉は、原田と技術少佐を砂色と濃緑色の迷彩が施された野戦車に乗せると、自分は助手席に腰をおろし、ペーネミュンデを南側から案内していった。

ペーネミュンデの情景は、軍事的必然、安全確保への配慮、そしてナチスの思想に内包される自然への畏敬がからみ合ったものだった。

各施設はじゅうぶんな距離をあけてもうけられ、適度な偽装が施されていた。そして、その周辺には堤防のような盛り土と手のつけられていない森がひろがっていた。薄汚い迷彩の施された最先端科学技術施設と自然のままの森。下手な前衛絵画よりよほどインパクトがあった。敷地のあちこちに忽然と生じている穴だけが興ざめだった。

「去年、英軍《トミー》が爆撃しにきた際にできたものですよ」

大尉はしごく気楽な調子でいった。彼もまた、この戦争で爆弾や砲弾のつくり上げた穴に関して独特な理解に達した多くの者たちの一人だった。経験則からいえば、同じ場所に二度着弾することはありえない。大地に生じた無惨なその傷跡は、場合によっては絶対の安全を保証することがある。

「あえて、埋めもどしていないものもあります」

プロトタイプ製造工場、開発研究施設、A4主エンジン用地上燃焼試験施設、離陸補助用ロケット実験施設、地対空ミサイル〈ヴェッサーファル〉試験発射台といった場所を案内しつつ、彼は暢気な口調でいった。

なに、あまり完璧に補修してしまうと、トミーだけじゃなく合衆国軍《アミー》まで爆撃にくるでしょうからね。適当に壊れていたほうがいいんです。何しろここには、専用の飛行場まであるんですから！　ああ、実験関連施設は別ですよ。みた目には壊れているようでも、完全に機能しています。はは。国家社会主義的現実に対する精一杯の迎合というところでしょうか。いやこれはもちろん冗談ですが。

二時間ほどあちこちをまわった後、大尉はペーネミュンデ北部へ向かうよう、運転していた兵士に命じた。

野戦車は一〇分ほど北につづく道路を走った後に停止した。

「さて、ようこそ、同盟国将校諸君」

大尉がおどけた口振りでいった。

「右手にありますのがペーネミュンデ第七試験発射台、いわゆるA4ロケットのもっとも見栄えのする実験が実施されておる場所であります」

黒と白に塗り分けられたそれは、北欧神話の神々が地上に置き忘れた鑓《やり》のような冷たさと神々しさを発散していた。まわりでは、実験の指揮と支援にあたる人々が忙しく立ち働いている。

「お気持ちはわかりますが」

大尉は原田たちにいった。

「あまりちかづかぬほうが身のためですぞ。あれはすでにこの世に存在するアルコール中毒者の半分を幸福にするだけのエチル・アルコールを飲み込みつつありますからな」

「アルコール？」

技術少佐はたずねた。

「液体水素やケロシンではなくて？」

「それらのいずれも昨今ではとんと手に入りにくくなりましてね。あれは、エチル・アルコールと液体酸素を燃料に飛びます」

技術少佐は大尉の言葉が意味するところを考えつつロケットをみつめた。

「アルコールとなれば、あれこれと面倒が多いでしょうな」

技術少佐はいった。

「何かで予定が遅れたならば、かなり気化してしまうのではないかな？」

「天使の取り分はアルコールにつき物です」

大尉はいくらかあらたまった顔つきになっていった。

「まあ、喜んで献上しているわけではありませんが。ありていにいえば、そうです」

「ふぅん。これもまた——」

「国家社会主義的現実の一側面、というわけですな」

彼らの会話を片側の耳だけで聞きつつ、原田はそれをみつめていた。魅入られてしまった、そういってもよかった。そこに示されているものは単なる力の具象化ではなかった。それ以上の何かを象徴していた。眼前のロケットについてフロイト的な解釈をおこなって満足する者がいたならば、原田はその人物を殴打しただろう。

もう片一方の耳に、ドイツ語の会話が流れ込んできた。

「残念ながら、総統はわかっておられない」

「すると、あくまでも?」

「そうだ。地下に建設する発射基地こそ安全だと考えておられる」

「道理の一部ではありますね」

「確かに。敵が一度や二度の爆撃であきらめてくれるならば——そして我々がフランスを守りきれるのならば、ね。だが実際は、奴らは発射基地を発見したが最後、一〇〇〇機の爆撃機を毎日繰り出してそれを叩きつぶしてしまうだろう。加うるに、現在の我々には連合軍のフランス上陸を阻止する戦力はない。まさに道理の一部、だな」

「あなたの主張されているとおり――」

「そうだ。現今の戦況では移動式発射台で運用するほかない。ありとあらゆる人員器材をすべて自動化して、敵のおもいもかけぬ場所から発射しなければ駄目だ。仮にA4がこの戦争の前に開発され、開戦劈頭《へきとう》にロンドンへ向けて一斉に発射されたのであれば話はまた別だが。現状ではどうにもならぬ。自走砲のごとく運用するしかない」

「大佐、教授」

大尉が二人の男に呼びかけた。それに気づいた彼らがちかづいてくる。原田と技術少佐は、階級が上であることのあきらかな大佐と呼ばれた男に敬礼した。

「視察にみえた盟邦日本帝国の方々です」

大尉は二人の名前をそれぞれつたえた。

「ようこそ北方試験兵団へ」

軍人というには柔和すぎる印象の大佐が挨拶した。

「ドルンベルガーです」

技術少佐の態度がかわった。

「するとあなたが、あのネーヴェルヴェルファーを開発された？　光栄です」

彼がいっているのは、ドイツの開発したロケット兵器のことだ。東部戦線やイタリア戦線で連合軍兵士を痛めつけている費用対効果の高い兵器だった。

「なに、それほど難しい仕事ではありませんでした」

ドルンベルガーは嬉しそうにほほえんだ。

「本当に困難な仕事をしているのは彼です。諸君、A4ロケット開発を主導する人物を御紹介します。ヴェルナー・フォン・ブラウン教授です」

「はじめまして」

私服のフォン・ブラウンは、ドルンベルガーよりよほど軍人らしさを感じさせる態度で挨拶した。

「貴官はずいぶんと熱心に私のロケットを御覧になっておられますな、中尉」

ひとしきり儀礼的な会話がかわされた後で、フォン・ブラウンが角張った顔を原田に向けた。社交的な人物らしく、そこには朗らかさがあった。

「いいえ、あれをみているうちに、おもい出したことがあったのです。教授」

「きかせていただけまいか？」

何か批判するつもりなのか——自分の能力に確信を抱いている者に特有の欠点を示す表情でフォン・ブラウンはたずねた。

「くだらないことですよ。この戦争が始まる前に読んでいた何冊かの本をおもい出しました」

原田はうなずいた。

「あなたのロケットをもう少し大きくしたならば、そんな本に描かれていた情景を現実のものにできるかもしれない、そんな空想を抱きました」

「もう少し明確に」

意外な発見をした表情になったフォン・ブラウンはたずねた。

「つまり」

原田はおさえた声でいった。

「それは宇宙へ人類を送り込めるようなものになるのではないかと」

「あなたは私の友人であるらしい、中尉」

三〇分ほど後におこなわれたA４の発射は原田の意識に決して薄れることのない衝撃と感動、そして未来と呼ぶべき何かへの期待を抱かせた。

数時間後、名残惜しそうに原田へ別れを告げたフォン・ブラウンと、いささか心配そうな表情を浮かべたドルンベルガーに敬礼をおくり、原田と技術少佐はペーネミュンデを後にした。

「君はいがいと空想家なのだな」

車中で技術少佐は呆れたようにいった。

「宇宙とは！　まったく、大したものだ」

「あくまでも可能性ですよ」

原田は相手の口調に含まれている感情に多少の反発をおぼえつつ応じた。

「そして、可能性は人間を行動へと駆り立てます。今日明日のうちにできるとはおもいませんが、いつかは、可能になるはずです」

「その前に――」

第三帝国がなくならなければね、そういいかけた技術少佐はあわてて口をつぐんだ。運転しているのがドイツ軍人であることをおもい出したのだった。

「まぁ、何にしても、勉強にはなったな。いい土産話になる」

「土産話？」

「話してなかったか？」

技術少佐はほほえんだ。

「私は来月、日独連絡業務のUボートに便乗して帰国する予定なのだ」

「無事をお祈りします」

「安心しろ。あそこに関する報告書は、約束どおり陸サンにも渡しておくよ」

「ありがたくあります」

報告書は提出されなかった。陸軍だけではなく、技術少佐が所属している海軍も、それを手に入れることができなかった。一ヶ月後、彼の便乗したUボートはシェルブールのブンカーを出航したが、ビスケー湾内で連合軍対潜艦艇に発見され、撃沈されたのだった。

ロケット、あるいはミサイルというものについて、ほとんど技術的素養を持たぬ原田が、戦後、ミサイルにかかわって——特にその非技術的側面での支援にかかわってきた理由は、一九四四年のあの一日、ペーネミュンデで見聞した現実が直接的原因となっていた。間接的には、越後の富裕な旧家の跡取りで、年少のころから空想的な物語を読むことを趣味としていた父親の影響があった。フォン・ブラウンは、父親がコレクションしていた合衆国の特殊なファンタジーの情景を部分的に実現していたのだ。原田は中学に上がった段階で英語を読むことに不自由を感じなくなっていたから、高校生になって家を出るまで、それを何冊も読んだものだった。現実のA４（実戦投入の以前であるから、V２という呼称は存在しなかった）発射を目撃したことが、彼が無意識のうちに自分へ施していたすり込みを表面化させた、そう考えるべきかもしれなかった。

「勧進帳か」

新聞のTV欄をみていた父親が驚いたようにつぶやいた。

「TVで、ですか？」

「ああ。NHKだ。猿之助に鴈治郎だぞ。みなければならんな」

彼の声には、いささか緊張した場面を逃れるきっかけをつかめた安堵が含まれていた。

彼もたいていの部分においては並の老人なのだった。いつまでも、ビルマの密林で惨烈な戦闘を指揮した歩兵指揮官ではいられない、そう捉えるべきかもしれなかった。そのとき彼の大隊は、ひとつの遺棄死体も残さず、ただ一人の餓死者も出さずに数百キロに及ぶ後衛戦闘をおこない、友軍と合流する奇跡をなしとげた。人間が持つ勇気の総量をそこでつかいきっていても不思議ではなかった。人生において二度の奇跡を実現できる人間は滅多に存在しない。

人間、多彩な趣味を持つことは素晴らしいことだけれども、と原田はおもった。自分の父親の内部で、戦史に記録されているような（他の連中のそれと開きが大きすぎるため、戦史叢書の編纂官たちが記述に苦労するほどの）指揮官としての資質、そして古典芸能を愛好する性質が、どちらかといえばいい加減な戦前の宇宙冒険物語を好むことと、どのようにしてバランスを取っているのか、興味があった。

台所から、原田の妻と妹が冗談をいい合う声がきこえてきた。原田は必要以上に熱心にTV欄を眺めている父親を横目でちらりと眺めた。こんどは炬燵の上に並べられた重箱や小鉢の色彩を楽しむようにして眺め、果たして、いつまで両親が健在であるのだろうかとおもった。毎年このようにして帰省する郷里は、あと何年存在しつづけるのだろうか。両親がいなくなれば、よほどの用事がなければ帰ってはこないだろう。原田は、避けがたい未来の情景をおもって苦笑を浮かべた。原田家の元旦はようやくのことで常態に復したようであった。

　老人がＴＶをつけた。しばらく間を置いて、原田家の生活レベルを証明するように、天然色の画像がうつし出された。ＮＨＫは元旦であっても律儀に定刻の報道番組を流していた。

「……と述べています。これに対し北崎重工業は、同社の空中発射式宇宙ロケットは第一に民需を念頭に開発されたものであり、一部でいわれている戦略兵器への転用をおこなう意図はないと先日おこなわれたＮＨＫの取材に回答しました。同社研究所の飛翔体部長黒木氏は、昭和三七年度中に最低八回の発射実験をおこない、徐々に到達高度を上昇させた後、明三八年度には人工衛星打ち上げ能力の獲得を目指すと明言しています。北崎重工業のこうした対応について、東大生産技術研究所の関係者は、私企業による営利目的の宇宙開発はその学術的純粋性を失わせるとの懸念を表明しており――」

「鬼が笑うね」

　老人は画面をみていった。

「しかし、爆撃機に積み込んで高空へ持ってゆくというのは悪くない考え方だ」

「その点では、連中、合衆国よりも進んでいる」

　原田は同意した。

「合衆国は、地上から打ち上げることばかり考えているからね。いや、高空実験用に、Ｆ１０４を改造したやつを発射する実験はおこなっているし、例のＸ15という高速ロケット機も盛んに飛行させてはいるけれども、北崎ほど割り切っていない。もしかしたら彼らは、東大の学者たちより先に衛星の打ち上げに成功するかも。科学技術庁はすでに目をつけている。宇宙開発推進委員会は、北崎を取り込もうと必死だよ。連中は国の後ろ盾と予算を持っている。だが、技術がない。何を開発すべきかということすらわからない。糸川英夫のような指導的人物もいない。加えて、東大と喧嘩までしている」

画面に、ロケットを抱えて飛行するＢ49がうつし出された。

「おまえたちのほうはどうなのだ？」

「どちらかといえば北崎ですね。東大とは協力しにくいし（理由はわかりますね？）、大した受注額ではないけれども、あの企業とは需品のつき合いがある。年内に、新支援戦闘機《FSX》導入についてあの会社と話が進むはずです。三菱がＦ１０４の生産で手一杯のあいだに話を決めてしまおうということらしい。ああ、これは、いうまでもなく防衛機密ですよ」

「おまえはかかわらないのかね？」

「まだ、いまのところは」

画面にはインタヴューを受ける太った男の顔がうつった。原田はその顔を、何年も前にみたことがあった。

「なんとかして参加して欲しいものだな」

老人は息子にいった。

「たとえ銀色ではなく、異星人を撃滅する光線兵器をそなえていなくても、ロケットはロケットなのだ。素晴らしい仕事だぞ」

息子は微笑を浮かべ、うなずいた。

「その点は否定しませんよ、父さん」

2

屋代幸男が丸の内のはずれに本社ビルを持つ小さな商事会社に就職したのは去年の春のことだった。彼が配属されたのは昼間からぼんやりしていても誰も文句をいわぬような資材課の片隅だった。新米社員としてあれこれと雑用を押しつけられることは多かったが、少なくとも営業部ほどの苦労はしなくともすんだ。

年内には、多恵子と挙式をする予定になっている。

現在、自立のためというより一生に一度はという理由で（幸男と同様に）ぱっとしない会社につとめている彼女は、あと一月もせぬうちに退職することとなっていた。挙式を迎える前に、あれこれと学ばねばならないことがある、彼女と彼女の両親はそう判断したのだった。

こうした現実に幸男は何ら抵抗する術を持たなかった。特にこれといった才能を持っているわけではない彼の時間はただ足早に流れてゆくだけであり、すでに選択肢はほとんど残されていなかった。彼は、自分が大人になりつつあることを、諦観あるいは恐怖と呼ばれる感情とともに受け入れつつあった。いや、本当の大人とは、そうした閉塞した状況を認識し、それに耐え、静かに生きてゆく人間のことをいうのだが、少なくともいまの幸男にそのような解釈をもとめることは無理だった。

幸男は、ほんの何年か前まで自分の前途に広がっているようにおもえた無数の選択肢が突然消失した理由を全面的に受け入れることができなかった。何といっても彼はまだ二〇代の前半なのであり、自分の能力や限界について冷静な判断をつけられるようになるまで、いま少しの時間を必要とする位置にあった。

四月一一日の夕刻、いつものとおり定刻の五時に仕事を終えた幸男は、会社を出て、曇り空のもと、下宿への帰還コースに乗った（これは、ジョン・グレンの軌道飛行いらい、彼が気に入っている表現だった）。彼の部署は残業などほとんどなかったし、同僚たちは年のはなれた者が多く、帰り道の一杯にさそわれることもさほど多くはなかった。

駅に置かれているTVは、午前中に航空機事故があったことをつたえていた。自衛隊機が民家に墜落、死者三名、重軽傷者三名の被害を出していた。マスコミは、「軍隊」論理が事故の原因であると批判していた。彼らは、パイロットはなぜ海上に離脱するまで機体を維持できなかったのか、その点に問題が感じられると伝えた。

幸男は、事実のみを意識にとどめると、後半の推測とも感想ともつかぬ部分を意識の中から押し出した。彼は航空雑誌の熱心な読者であったから、航空機事故について、その種の日常的な意識での論評がまったく意味を持たぬこと、場合によっては真実をおおいかくす傾向すらあることを理解していた。確かに、墜落した自衛隊機によって命を奪われた人々、その瞬間まで、何の疑問もなしに続けられていた日常を失ってしまった人々の不幸には同情を禁じ得ない。自衛隊の責任も追及されねばならない。また、国家が彼らに対して補償をおこなうべきだともおもった。

しかし、事故を引き起こしたが故にそれを一般の自衛隊問題に連結して批判することにはまったく賛成できなかった。それは、二日酔いになるから酒は禁止すべきだといっているようなものであり、権利のみを愛する人々にありがちな無責任さを象徴する態度だった。まずは事故を調査し、その原因を究明し、そのうえで責任の所在をあきらかにし、問題点を改善する――その他のすべてはそれからのことだった。たとえば日常と家族を奪われた人々が、生涯その原因について恨みを抱くのは当然のことではある。しかし、それ以外の人間が自己の政治的信条を強化する材料としてそれを利用するというのは――何というべきか、非常に身勝手な、唾棄すべき行為であるように幸男には感じられた。

幸男は電車に乗り込む前に書店へ立ち寄り、雑誌とペーパーバックサイズの単行本、そして文庫本を何冊か購入していた。新潮に連載されている長編小説のつづきに目を通していないことをおもい出したのだった。それは医師の一族を題材にした半ば私的な物語であり、そうでありながら史書のような雰囲気を持っているところが気に入っていた。彼はその作家の作品を学生のじぶんから愛読していた。何かの賞を受けた中編が持つ、乾いた文体から生み出される粘り気が彼の性に合ったのだった。

退勤時間の電車は混み合っていた。朝ほどではないが、とても快適な環境とはいえなかった。幸男は鞄を網棚に載せ、左手で吊革をつかむと、あらかじめ手に持っていた買い求めた本のうちの一冊を開き、現実を無視することにした。これが彼にとっての、躍進をつづける日本経済の一断面というわけだった。

屋代幸男には、いささか強固な夢想癖があった。たとえばなすべきことがみつからないとき、ぼんやりと、自分がどうしてここにいるのか――あるいは、どうしたらここから逃れることができるのかを考えてしまうのだった。それは、疑問の余地がないほどに非生産的な、逃避以外の何ものでもない思考遊技だったが、現実的にはまったく意味を持たぬがゆえの魅力をふんだんに持っていた。暇な時間、彼がたいてい活字に熱中するのは、自分のそうした面をどこかで嫌っていたからだった。

彼が帰宅途中の友とした本は、日本でいまだに大人の読むものとして認知されていない種類の短編を集めたものだった。作者は皆同じである。

読み始めてしばらくした後で、彼は自分が失敗したことに気づいた。

　面白くないというわけではない。なかば随筆のような導入部分から展開される不条理な物語はじゅうぶんに魅力的で、彼の空想を刺激した。幸男がしまったとおもったのはその点だった。脳の別の部分が、本を読み、吊革につかまって揺られている他の部分とは別にいつもの逃避を開始したのだった。

　なぜ、自分はこんな場所にいるのだろう、彼の一部はそのことを考えていた。大学に入ったころは、未来はたとえようもなく明るかった。二流とはいえ救いようもないほどではない大学であったから、やりようによっては、別の道に進むことができたはずだった。たとえば大学院に進むとか。あるいは公務員試験を目指すとか。かつて、素直さいがいの何も抱かずに天空へとかけのぼる玩具のようなロケットをみつめたときに抱いた夢、それを部分的に実現する道を選ぶこともできたはずだ。

　そんなことはないよ。無理だな。それまで眠っていた彼の一部が反論した。君は夢を実現するための努力を何もしなかった。学生という身分に安住し、生活のすべてを援助してくれた親に甘えて四年間を過ごしただけだった。確かに本はたくさん読んだかもしれない。その点はみとめる。だが君は、それを妄想の糧《かて》にしただけだった。その他の材料として用いることを考えつかなかった。だいいち、女ができたとたんに、本を読むことすら放り出した時期があったではないか。現在の立場は、当然の帰結なのだよ。

わかっている。わかっているさ。逃避を担当している部分がそれにこたえた。そんなこと、おまえにいわれるまでもない。

幸男を精神の閉塞から救っていたのは、彼が自己顕示欲というものに慣れていなかったせいかもしれなかった。人間の持つエネルギーは限られている。よって、何かをなそうとする場合、彼／彼女はそれを目標に向けて集中しなければならない。そうでなければどっちつかずになってしまう。

天才とは、そのエネルギーの集中（コントロールといってもよい）を自然のうちにおこなえる人間のことだろう、幸男はそうおもっていた。そして秀才は、それを意識的に、または努力によっておこなえるようになった人間のこと。凡人はその術を知らぬ者たちのこと。

俺はその術を知らない、幸男は自分についてそう評価していた。たとえば、目立とうとする人間には、それがある。彼らはそれをもっとも安易な手法——他者を非難することで実現しようとする。そしてたいていの場合、その種の人間が口だけだと非難される結果に終わるのは、目立つということだけが目的であるからだ。他者より目立った時点で目的が達成されてしまうため、その後の行動に同じだけのエネルギーを注げなくなるのだ。

幸男はそのような人間ではなかった。彼は昔から人前に立つことを好かない。できることならば、誰ともかかわらずに生きてゆきたい、そうおもうことが度々あった。といっても、孤高であることを望むわけではない。ならば、いったい自分は何を望んでいるのか。幸男にはそのあたりの判断がつかなかった。おそらく、自分は無能なのではないか、そう思うことすらあった。大人へと近づいてゆくにつれ、彼がだんだんと寡黙な男へかわっていったもっとも大きな原因はそれだった。幸男は、自身が無能であると確信し、そのうえであらゆる行動を取るだけの勇気が自分にはないことを消極的に認めていた。

頭の中に雑音が広がりすぎ、字面をどれほど眺めていてもさっぱり意味が取れなくなった。

幸男は本を閉じ（彼に栞《しおり》を用いる習慣はない）、それを背広のポケットに突っ込んだ。窓の外へ視線を向けた。ネオンがともった街並みには活気が感じられた。少なくとも、いまの自分はその一部ではないな、彼はそうおもって視線を落とした。

前の座席に腰掛けている四〇代の男は新聞を広げていた。ちょうど、経済面を読んでいるところだった。提灯記事なのだろうか。プリンスの発売した新型車が扱われていた。外国のカー・デザイナーにボディをデザインさせたスポーティ・カーだった。

スカイライン・スポーツね。もし多恵子を乗せてやったら、子供のようによろこぶだろうな、幸男はそうおもった。だが、価格をみてそれが夢以外の何ものでもないことに気づいた。最低価格で一八五万円。とても、いまの彼に工面できる金額ではなかった。いや、自分と多恵子、双方の両親に話を通せば何とかなるかもしれなかったが、そのつもりはなかった。幸男と多恵子は結婚後の生活について親たちからしばらく援助を受けることになっており、それだけでもうじゅうぶん以上の重荷となっていた。それをたえられぬほどの重みにするつもりは毛頭なかった。

電車が駅にとまった。扉がひらき、まだ暖かいとはいえない外気と喧噪が流れ込んできた。幸男の前に座っていた男は新聞を折って立ち上がった。彼は網棚に載せていた鞄を取ると幸男に視線を合わせ、彼に新聞を手渡した。

男は幸男が礼をいう前に電車を降りていった。

持ち前の間の悪さから、せっかく空いていた目の前の座席には他の誰かが座ってしまった。再び動き出した電車の中で、幸男は、一瞬の邂逅《かいこう》がもたらした活字でうまった紙に視線を落とした。スカイラインについての記事の隣に、防衛庁が北崎重工へ次期支援戦闘機に関する予備契約を結んだという内容があった。後半には憶測にちかい内容が記されていた。防衛庁は、北崎重工が進めているロケット開発にも興味を持っており、これについては科学技術庁も同様の態度を示しているという話だった。

何分か後、幸男の隣で吊革につかまっていた中年の会社員は奇異な印象を抱いた。なぜ、この若い男は経済面を眺めてにやけているのだろう。もしかしたら、株でもやっているのだろうか。

いや、そんなことはないな、会社員は内心でそう打ち消した。隣の若い男は、決して裕福そうにはみえなかった。

春先だからか、彼はそうおもった。もしかしたら、桜前線とともに経済面も面白く感じられるのかもしれない。

ならば、と彼は鞄から自分の新聞を取り出した。最初に目を通したときは斜めに読んだ経済面にもう一度目を通した。もちろんのこと、そこには彼もまたにやける材料となりうるものは何も記されていなかった。

やはり春だからなのだな、彼はおもった。同時に、もし妙な奴だったらと考え、わずかに肝を冷やした。まぁ、そんなことはあるまい。いやでも、もしかしたならば。

会社員は次の停車駅で乗っていた電車を降り、一本後の電車に乗り換えることにした。そのようなことをしても家に帰りつくのが一〇分ほど遅れるだけですむのがこの街の魅力ではあるな、彼はそうおもった。

3

そこは大砲の王の住処《すみか》だった。

まるでこの国を象徴しているようじゃないか、クレムリンを訪れるたび、セルゲイ・コロリョフはそう感じた。はるかな昔、いまだロシアが辺境の一小国——いや、国家といえないほど弱体な存在であったころに実戦的な要塞としてその原型が建設されたクレムリンは、現在、世界の半分についての政治的・軍事的象徴と化している。ロマノフ家、あるいはそれ以前の皇帝たちが贅《ぜい》をこらして装飾したその内部、複雑な宮殿の集合体は、現在でもほとんどが健在であり、おもて立たないのであれば王侯並みの贅沢を楽しむことに何のためらいもないプロレタリアートの代表者たちが有効利用をはかりつづけていた。

以前はヨーシフ・スターリンに（もちろん強制収容所から連れ出された後のことだが）、現在はニキータ・フルシチョフに呼び出されるたび、コロリョフはこの赤い要塞を訪れた。最初はベリヤの手下どもが運転するクライスラーで。そしていまは、設計局の局長専用車《ジル》でここにやってくる。ただし、使用する車は国産車にかわったから、乗り心地はずいぶんとわるくなった。もっとも、コロリョフは日常において健全な意識を維持している男であったから、クライスラーのしっかりした、それでいて柔らかく包み込むような揺れを味わった後に拷問を受けて撃ち殺されるより、たとえヴォルガでもよいから、安全と安心を確保したかった。

いまのところ、コロリョフはそれに成功していた。彼の主導するソヴィエトの宇宙計画は、合衆国のそれに対する優位を維持しつづけている。八月には二基のヴォストークが打ち上げられる予定だった。ヴォストーク3、4と呼ばれるであろう二基の宇宙機は、一日あたり一機という間隔で打ち上げられ、軌道上で編隊飛行をおこなうことになっていた。もちろん、合衆国に対する優位を示すという政治的目的の強い計画だが、その他の面でまったく無意味というわけではない。間隔をあけて打ち上げられた宇宙機が軌道上でランデヴー可能なこと、その実証はソヴィエトが予定している将来の宇宙計画にとっての安心材料となるはずだった。今日のコロリョフは、フルシチョフの機嫌がよければ、それについていくらか言質《げんち》を取っておこうと考えていた。

首相執務室に過剰な装飾は施されていなかった。人間的な精力にあふれている目を持ち、独特のユーモア感覚を有しているこの部屋の主は、その心根においていかにもロシア的な人物だった。ソヴィエト連邦首相ニキータ・フルシチョフは、政治的ライヴァルを何人も排除して権力の階段を登りつめたのちも、ロシア帝国最後の皇帝ニコライ二世の即位と同じ年に生まれた鉱山労働者の息子としての資質を失ってはいなかった。一部の英国人には、このクルスク州カリノフカに生まれた肥満体の権力者を、サー・ジョン・フォルスタッフ的な人物とみなす傾向があった。

いかにも共産主義体制が生み出した科学技術者という外見のコロリョフも、外国人がそう考えているという噂をきいてはいた。確かに、泥棒で、臆病で、大食らいで、嘘吐き、というフォルスタッフ的要素はフルシチョフの人格の一部に存在した。やはりストラットフォード・オン・エイボンの詩人がつくり出した老騎士と同様に、がさつな言葉をわめきちらす大酒飲みでもある。

だが、コロリョフにいわせるならば、政治家とは（たとえ彼がどんな体制のもとで過ごしていようと）皆同じようなものだった。

それに、ただそれだけではソヴィエト権力を掌握することはできない。泥棒というだけの男にラヴレンティ・ベリヤを抹殺することはできないし、臆病者にスターリンを批判することは（たとえそれが彼の死後であっても）できない。

彼は、ソヴィエトが建国いらいはじめて手に入れることのできた温情主義的な支配者でもあった。程度問題であることは確かだが、スターリングラードをめぐる戦いで中将待遇政治委員として活躍した彼は、生命についての何たるかを知っている男だった。生命をあまりにも粗末に扱いすぎたスターリン時代への反動、あるいは権力奪取の正統性の確保という面があることはまちがいなかったけれども、フルシチョフはかつての政敵に対しておどろくほど寛容だった。たとえばフルシチョフにとってつねに邪魔者だったクリメント・ヴォロシーロフ元帥は、彼の前任者として首相をつとめ、後に辞職、さらには反党活動の咎《とが》で罪に問われたが――彼はそれ以上の攻撃を受けることはなかった。ヴォロシーロフの政治的影響力が失われた後に態度をあらためたフルシチョフは、彼に最低限の名誉と実利を取り戻してやった。ひとたび反党活動で告発されたにもかかわらず、この年の四月（ほんの二月ほど前のことだ）最高ソヴィエト幹部会委員に選び出されたのだった。

マレンコフ、カガヴィッチ、モロトフといった、いわゆる〈老親衛隊〉の面々についても同様だった。フルシチョフは彼らを国家の中枢から追い払ったが、年金を与えたり、閑職につけたりというたぐいの補償は与えてやった。スターリン時代にくらべれば、何とも温情的な〝粛清〟だった。かつてのグルジア人独裁者ならば、家族ともども抹殺したに違いないからだ。

コロリョフのみるところ、フルシチョフとは複雑という形容では表現しきれない要素を併せ持った支配者だった。そうした意味において、やはり彼はフォルスタッフなのかもしれなかった。もちろん、劇中人物を実在のそれと同じように論ずる古典的な解釈におけるフォルスタッフのことだ。

そんな彼のことを、コロリョフは好いているといって良かった。警戒心を持たぬわけではないが、好意のほうがより大きかった。理由は述べるまでもない。フルシチョフは、巨費を投じた宇宙計画の推進をコロリョフに任せているからだ。そして何より、彼のフォルスタッフは重要人物をそう滅多やたらとシベリアへ追い払いはしない。

「よくきてくれた、同志宇宙機主任設計官」

質素な執務室に置かれた大きめの執務机の向こう側で、禿頭の肥満体が腰を上げた。

「お招きにより参上いたしました。同志首相」

「楽にしてくれや」

フルシチョフはいまだに消えないウクライナ訛をわずかに響かせてほほえんだ。壁際に置かれている椅子を指し示し、つづける。

「ほれ、その椅子をこっちに持ってきて掛けてくれ」

「はい」

コロリョフはつくりのしっかりした椅子の背もたれをつかみ、執務机の前に運んだ。帝政時代のつくりらしく、がっしりとした、見かけよりずいぶんと重い椅子だった。

いまではこれほどの椅子を国内でつくることはできまいな、椅子の意外な重さにわずかな驚きをおぼえつつコロリョフはおもった。皮肉なものだ。祖国は、宇宙ロケットを建造する技術を得るかわりに、このような椅子をつくる能力を失ってしまった。レーニンとスターリンがこの国を支配しているあいだに、技術と人材が失われてしまったのだ。はたして、人間の本質的な福祉に貢献するという意味で正しいことなのだろうか？　あ。いったい、何を考えているのだ、自分は。

「煙草を吸え、気を楽にしろ」

フルシチョフは命じた。

「今日は、君に正直になってもらわなければならん」

「何でしょうか」

　コロリョフはわずかに背筋を震わせた。かつて粛清の対象となっていらい、権力者の発言に過剰反応する習慣ができ上がっていた。

「気を楽にしろといったろう」

　フルシチョフは笑った。

「君の得意分野の話だ。軍用ロケットをどれだけ増産できるものか、それについて意見をきかせてもらいたい」

　軍用ロケットとは、西側世界の用語でいうところの弾道弾のことだった。

「種類によります」

　安堵を抱きつつコロリョフはこたえた。

「たとえば、R7のようなロケットの場合は非常に手間がかかります。R4ならば、あるていど量産向きです。あれはドイツ人のロケットの改良型ですから」

　コロリョフはそこまでいって、一度言葉をきり、不思議そうにたずねた。

「しかし、このようなことは工場の連中にたずねればわかることでは？」

「連中は真実をいわん」

　フルシチョフは吐き捨てるようにいった。

「正直にこたえれば、自分への評価が下がるとおもっている。いえ同志、生産に困難はありません。はい同志、たとえ月産一〇〇基でも可能です」

フルシチョフは、医者が治療法の発見されていない疾病について語るときのような表情だった。

「問題は、連中が本当にそれを達成してしまうことなのだ！　とりあえず部品をそろえ、とりあえずの組立をおこない、とりあえず現場へ――いや、この場合は実戦部隊へと配備する。誰も、それが本当につかえるものなのかどうか、調べようとしない。責任問題がどうねじまがってしまうか、見当もつかないからな」

コロリョフはうなずいた。

「軍は工場の責任だといい、工場は軍の管理が悪いからだという。すると誰かが、いや、もとの設計に問題があると天啓を得る」

「天啓とは何とも反党的表現だが、まさにそのとおりだ。そして設計部門は、自分たち以外のすべてが悪いといい出す。誰もが自分たちの正しさを証明するため、モスクワの上司におうかがいをたてる。すると今度は、モスクワで同じゲームが始まる。しまいには、もっとも政治的影響力の小さかった誰かが権力の座からすべり落ちる。あいかわらず、真実は闇の奥だ。若いころに点検業務で入ったことのある鉱山をおもい出すよ。儂はフランス人の経営する鉱山で発電器を動かしていたのだ。故障が多かった。暗闇と化した穴の奥へ、カンテラの明かりを頼りにヒューズを届ける仕事は、何ともおそろしい体験だったよ。ま、スターリン時代に君はもっとひどい体験をしているがな」

「皆、昔のことです」

コロリョフはかすかに首をふった。

「恐怖は人間に染みつき、精神をゆがめるぞ」

フルシチョフはいった。

「我が祖国《ロージナ》の有能なる専門家にいわせるならば、洗脳を成功させる鍵は、人に恐怖をいかにして認識させてゆくかにあるそうだ。解凍、変革、再凍結――連中はそういっておったな」

「しかし、同志首相。あなたはわたしにロケットを与えてくれました」

「儂ではないよ、セルゲイ・パヴロヴィッチ」

フルシチョフはコロリョフを父称で呼んだ。ロシアにおける親愛（ただし、いささか堅苦しい響きを持つ）の表現だ。

「国家だ。ソヴィエトが君にロケットを与えたのだ」

「はい、もちろん」

「ならば、ソヴィエトの信頼にこたえてくれ」

フルシチョフは笑みを浮かべたまま、たずねた。

「我々には、どのていどのロケット量産が可能なのか？　モスクワからワシントンに届くようなロケットだ」

「月産数基というところでしょう」

コロリョフはこたえた。

「多くても、五基はこえません。さらに、そのうち確実に飛ぶものは二基ていどでしょうか。いまのところ、何メガトンもの威力を持つ反応弾頭を運搬できるロケットは、工業製品というよりは芸術品なのです。あるいは、固体燃料――つまり、火薬で飛ぶ大型ロケットが実用化されたならば、事情はかわるかもしれませんが。それにしても、信頼性を得るにはかなり苦労せねばならないでしょう」

「まさに大砲の王だな」

フルシチョフは苦く笑った。彼がいっているのは、このクレムリンに置かれている巨大な大砲のことだった。それはピョートルⅣ世の偉業をたたえるために製造された大砲で、口径九一センチ、砲身長五・三メートル、重量三六トンに達する巨砲だった。まさに王の名にふさわしい巨砲だ。しかしそれは、一度たりとも巨弾を吐き出したことはなかった。最初から、飾り物としてつくられたからだ。おそらく、実際に発砲した場合、砲身が裂けるのではないかといわれている。

現代最強の兵器と、過去の、兵器のかたちをした装飾品の類似性について皮肉を口にしたフルシチョフは、ようやくのことで笑みをおさえ、宇宙機主任設計官にたずねた。

「どれほどあれば実用化できるのだ?」

「あなたは正直になれとおっしゃいました」

「うむ」

「おそらく、最短でも一〇年、悪い場合はその倍は必要となるでしょう」

「我々はロケット技術で優越しているのではなかったのか？」

「問題は制御なのです」

　コロリョフはこたえた。

「一度反応させてしまった火薬の燃え具合をあやつるのはきわめて困難な技術といえます」

「だが、カチューシャ《BM21》も君のいう固体燃料だったはずだが」

「カチューシャは精密誘導を必要としません。あれは、数ですべてを包み込み、押し潰してしまうロケットです。これに対し、現在我々が扱っているものは、八〇〇〇キロ彼方の一〇〇メートルの円内に、発射されたうちの半数が落下せねばならない新時代の兵器なのです。ある意味で、ロケットそのものの推力よりも、その推力を制御する技術のほうが重要になります。いや、我々が望むとおりの速度で燃え続けるような燃料をつくり上げる技術というべきでしょうか。弾頭の誘導技術についてはいうまでもありません」

「それについてはいささかの進展がみられたのではなかったか？　あの、参謀本部情報部《GRU》がチトーから手に入れたとかいう日本製の」

「ああ、あれは」

コロリョフは首をふった。

「我が国で実用化するには、さまざまな問題がありました」

フルシチョフが口に出したのは、ユーゴスラヴィアが〝科学研究〟用と称して日本から買いつけたカッパ6型ロケットのことだった。東大が幾つもの企業と共同開発した全長約五・五メートルの二段式固体燃料ロケットで、到達高度は約六〇キロ。高層大気観測用ロケットとしては大したものだが、本来、ソヴィエトが注目すべき対象ではない。彼らは、より大型のロケットを実用している。

この小さなカッパ6型にソヴィエトが価値を見いだし、ユーゴスラヴィアを通じて現物の入手と調査をおこなった理由は、追跡レーダーと使用燃料に興味が抱かれたためだった。

追跡レーダーについてはいうまでもない。第二次大戦から一七年、ソヴィエトは先端技術の面で西側に立ち遅れはじめており、そのギャップを合衆国直伝の技術が用いられている日本のレーダーを手に入れることでいくらかでも埋めようとしたのだった。より直接的には、将来技術のひとつとして実用化の急がれている軌道兵器――部分軌道爆撃システム《FOBS》、その誘導に、日本から手に入れた技術を用いようという腹づもりもあった。地球低軌道のごく一部を飛行して宇宙天体条約をすりぬけ、敵国（つまり合衆国）をあらゆる方向から攻撃可能なＦＯＢＳは、その性格上、慣性方式の自己誘導だけでは〝ＳＳＫＰ〟、〝ＣＥ

P〟等々と名づけられた一般的な意味での命中率がひどく低下する傾向がある。ソヴィエトはこの問題を解決するため、FOBSに人工衛星、有人宇宙機に用いられる電波誘導方式を採用しようと考えていたのだった。

ソヴィエトが考えている方式とは、レーダー追尾、地上のコンピュータによる進路・軌道の計算、計算結果にもとづいた軌道修正――といったシステムのことだ。日本製のレーダーは、有人宇宙機などよりよほど精密に誘導されねばならないFOBS追尾レーダーの研究用にもとめられたのだった。

ただし、この日、クレムリンでフルシチョフがコロリョフにたずねたのは、追尾レーダではなく、カッパ6型ロケット、特にその固体燃料についてだった。

固体燃料、つまり火薬を用いるロケット・エンジンの有効性は、ほとんど常識論の範囲におさまる。固体にした燃料（推進薬）を燃料タンクを兼ねる燃焼室におさめ、火を点ける。すると燃料は化学反応をおこし、燃焼室の一端にもうけられたノズルから高温・高圧のガスを噴き出し、ロケット本体に運動エネルギーを与える――それだけである。人類が古くから用いている火薬を燃料とし、ロケット・エンジン（固体燃料の場合、ロケット・モーターと呼称される場合が多い）を単純な構造にできるため、安全性、経済性の面で液体燃料ロケット・エンジンに対して圧倒的な優位を有しているシステムだった（この他に燃焼面積を広く取りやすいことも利点になる。比較的簡単に大きな推力を得られるからだ)。

ソヴィエトも、この利点について無視してきたわけではなかった。たとえば、第二次大戦中、もっとも大規模に固体燃料型ロケット兵器を用いたのは彼らだった。ここ一〇年ほどのあいだに、あらゆる戦闘環境での主戦兵器と化しつつある誘導弾も、大部分が固体燃料を用いるものへとかわりつつある。

たとえば軍用ロケット――ICBMは、命令あり次第発射というのが理想であることはいうまでもない。このためには、ロケット内部へつねに燃料を充塡しておける固体燃料の優位はあきらかだった。ソヴィエトで問題となったのは、その固体燃料についてだった。彼らは、大型ロケットに適した固形燃料の開発に苦労していた。

固体燃料には大きくわけて二種類が存在する。ダブルベース系とコンポジット系だ。前者はニトロセルロースとニトログリセリンを主成分として混合したもので、酸化剤と推進剤が同じ分子の中に存在している(ニトロセルロース、ニトログリセリンともに、それだけで反応可能な物質である)。第二次大戦前から利用されてきただけあって、安全性その他は十分に確保されていた。だが、ダブルベース系には欠点があった。熱や圧力が加えられた環境では圧伸がおこるため、大型ロケット用燃料としては使用できないのだった。

このため、あるていど以上の大きさの固体燃料ロケットでは、コンポジット系を使用することになる。酸化剤として過塩素酸アンモニウム、推進剤として合成ゴムがおもに用いられる。燃焼温度の上昇によって推力を高めるため、全重量の一六パーセントものアルミニウムを混合する場合もある。こちらのほうは、ダブルベース系のような問題は発生しないため、大型ロケットにも使用可能だ。

当然、ICBMの即時／常時発射能力を手に入れるため、ソヴィエトも固体燃料の開発に努力していた。しかし、それは順調に進捗していない。大型ロケットであるICBMの場合、当然コンポジット系固体燃料が必要とされるが、彼らはそれを実用化できていないのだった。コンポジット系固体燃料は、その酸化剤と推進剤が別の物質であるという性質上、燃料としての混ぜ合わせ方が難しい。たとえばどこかに気泡や割れ目が存在しただけでも、燃料はまともに反応しなくなってしまう。強度の面でも問題が出てくる。アバウトという点では人後に落ちないソヴィエト式の生産管理では、この種の欠陥を是正することがひどく難しかったのだった。

「日本人の用いている燃料の生産・管理方式は、ひどく芸術的なところがあります」

コロリョフはいった。

「何と申しましょうか、先ほどあなたがおっしゃられた我が国の、ああ」

「みなまでいうな」

「ありがとうございます。とにかく、その種の問題が信頼できる固体ロケット燃料の実用化を妨げているのです。これは、我が国の基盤工業力、あるいは人民の意識がより高められるまで、解決のできない事柄でしょう」

「チトーに話をつけたときは、しめたと思ったものだが」

フルシチョフはおもしろくなさそうにいった。コロリョフは、首相が不機嫌になった理由は、自国でそれを生産できないということではなく、チトーに頭を下げねばならなかった——そしてそれが、直接的な利益をもたらさなかったという点にあるのだとわかった。モザイクのように多くの民族が入りまじったユーゴスラヴィアをまとめたチトーはまごうことなき現実政治の天才だった。彼はソヴィエトとの関係を適度に——たぶん、我々の味方なのだろう、いや少なくとも敵ではないとモスクワに信じさせるため、つねに努力をはらっていた。日本から〝科学研究〟の名目で追跡レーダーとロケットを入手し、それを軍事研究に役立てるという計画は、もともとチトーが持ちかけたものなのだった。もちろんのこと、日本人は当面はチトーの真意に気づいていない。

「とにかく、当面はICBMも液体でいくしかありません」

コロリョフは断言した。

「増産も、ひどく難しいでしょう」

「君のいうR4などはどうだ、セルゲイ・パヴロヴィッチ」

「無理をするなら」

「正直な数でよい」

「確かなものは、月産二〇基ていどかとおもわれます。さらに、ああ、反応弾頭を搭載する場合、いろいろと面倒になります」

「たとえば」

フルシチョフは、坑道の暗闇で落盤におびえる坑夫のような声を出した。

「半年以内に実戦配備することは可能か？」

「難しいでしょうね」

コロリョフはこたえた。

「おそらくはそれよりも、すでに配備されているものを総点検し、完全に整備したほうが短期的な戦力上昇に寄与するでしょう。たとえば実戦部隊で燃料の急速充塡訓練などおこなっていた場合、あちこちに問題が出ているはずですから」

「君はこれまで、その種の問題について儂に教えてくれなかった」

「配備が始まった段階で、軍当局には何度か警告しました。彼らが扱っているものが、非常に慎重な扱いを要する兵器だということを、です」

「だが、彼らは？」

「軍の同志たちには、自分たちなりの考え方があるようです」

「ふむ」

フルシチョフはしばらく考え込む顔つきになった。何分か後、明るい顔になってコロリョフにたずねる。

「さて、今度は君に夢をきかせてもらおうか。例の、君が開発している月ロケットのことだ。我が国は最初の人工衛星を送り出し、最初の有人宇宙機打ち上げにも成功した。となれば、月に人間を送り込むのも最初でなければならん。合衆国が、例のドイツ人に予算と人材を与え、月ロケットの開発を任せている現状では特に重視すべき問題だ」

「もちろんです」

コロリョフは笑みを浮かべてうなずいた。

「我々はまず無人探査機による探査をおこないます。これにはR７改良型のブースターを用いる予定です。月計画そのものには、非対称ジメチルヒドラジンを推進剤に用いた超大型ロケット・ブースターを用います。これは将来的に、一〇〇メガトン級の大威力反応弾頭——融合弾頭の運搬にも使用できるでしょう。私がプロトンと仮称しているこの超大型ロケット・ブースターと、従来のR７系を併用して月探検船を幾つかのパーツにわけて打ち上げ、これを軌道上でドッキングさせ……」

長広舌をつづけるコロリョフの胸中には幾つかの疑問があった。正直いって、フルシチョフが何の用事で自分を呼びつけたのかわからなかったのだった。はたして本当の用事は何だったのだろうか。見当がつかなかった。

まぁいいさ、コロリョフはおもった。そのうちにわかってくるだろう。それに、収容所へ放り込まれていたころよりひどい経験を味わうこともあるまい。我は悲運に沈めども、希望に生くる身は愉し、というではないか。そう、少なくともいまの自分には、希望があるのだ。

4

黒木正一の自宅は、下北沢のあまり区画整理がうまくいっているとはいえない裏通りにあった。うだつの上がらぬ会社員をしていた父親が、戦後の混乱期に一念発起して買い込んだ土地を受け継ぎ、そこに風呂つき木造二階建ての家を建てた。彼がそれを建てたころは、まだ民家の二階建てが珍しいころで、それなりに金もかかった。

黒木はその金を北崎から借りた。というより、黒木が北崎重工業に雇用される条件のひとつとして、それが含まれていたのだった。彼は控えめにいっても社会常識にかけた男だったが、それゆえに、家族を必要いじょうに苦しめることは好まなかった。少なくとも、自分が両親から与えられた生活と選択の自由、そのていどのものは妻子に与えてやるべきだと考えていた。そしてこれが、彼の持っている社会性の限界でもあった。

海軍の嘱託だったころは〝扇風機〟、北崎重工で重きをなした後は〝ブースター〟と渾名される黒木の休日は、その日常と正反対だった。彼の家族も――特に、ネクタイの締め方すらおぼえようとはしない夫の世話においまくられている彼の妻も――日曜日だけは、日々の労苦からかなり解放される。家族を旅行に連れていったり、子供と遊んだり、という世間並みの家族サービスはまったくしなかったが、けたたましいというほかない日常を送っている男がのんびりしているだけで、誰もが不思議と安らぎを感じるのだった。黒木は用もないのに歩きまわることを好まぬ男だったから、なおさらだ。彼は天気のよい日曜、庭に古物屋で買い叩いてきたデッキチェアを広げ、ぼんやりと本を読みつつ半日以上を過ごすことが多かった。

九月第一日曜日の東京は曇り空だった。だが、ときたま日が射すこともある。黒木は、その落ち着きのない天候を気にもせず、デッキチェアに身を預けていた。ときたまそれが悲鳴を上げているのは、ここ数年の酷使ゆえ、あちこちが彼の体重にたえられなくなりつつあるためだった。もちろん、悲鳴を上げさせている本人は、まったく気にしてはいない。

黒木は前時代――ある種の人々にとってはたとえようもなく懐かしくおもわれる明治が完全に消滅した大正の後期に、この下北沢で生まれた。もっとも、そのころの黒木家は土地など持っていなかったから、彼が育ったのは父親が借りていた商家の二階だった。そこで、彼が高校へ合格するまで、五人の家族（両親と彼、そして二人の弟）がよりそうようにして暮らしていた。

黒木が高等教育を受けられたのは、たとえ自分の食い扶持を減らしても子供には本を買ってやるという両親のおかげだった。父は安月給を倹約し、母は商家の手伝いをして子供の学費を稼ぎ出した。黒木が高校、大学と進むにあたっては、彼の才能を認めた資産家からの援助を受けることもできた。ひねくれた人間である黒木が、大もとで人間の善意を信じている理由はそこにある。というよりも、生活者としての健全さだけでなり立っているような家庭で育った黒木には、他人に、どこかで好意を抱かせずにおかないような人としての可愛げがあるのだった。得な男というべきかもしれなかった。


家の奥で電話が鳴った。何度かベルが響いた後、妻が受話器を取ったのがわかった。どのような受けこたえをしているのか、はっきりとはきこえない。

数分後、電話を切る音が、妙にはっきりと響いた。妻の足音がきこえる。

「あなた」

夫と似たような体型の妻が縁側に顔を出し、あたりをはばかるような声で呼んだ。

黒木は読みかけの本を胸の上に伏せ、顔だけをそちらに向けた。上半身も一緒に動いたため、本は地面に落ちてしまった。こればかりが理由ではないが、彼の蔵書はたいてい薄汚れていた。

黒木はいいかげんなうなり声でこたえた。

「あー？」

「――さんから、お電話でした」

黒木は眉をよせた。誰だったかな、と思う。

「ほら、海軍の」

限られたこと以外、ほとんど記憶する努力を払わない夫を妻が助けた。

「ああ」

黒木はおもい出した。海軍で、ともに研究をおこなっていたことのある男だ。戦後、しばらく苦労した後、日平工業に入ったはずだった。

「何だって？」

「ほら、このあいだの」

妻は夫のとぼけた問いに嫌な顔ひとつ浮かべずに応じた。一月ほど前、彼女は同じ内容を夫につたえていた。

「北崎に再就職できないか、ということよ」

「そうか」

ようやく黒木はおもい出した。旧軍需工業系で、戦後もなお防衛産業での生き残りをはかった日平工業は、無理な経営拡大がたたって倒産していたのだった。確か資産の一部は北崎重工が購入しているはずだ。

電話をかけてきた男は、その日平工業の重砲部門で研究開発をしていた。

妻はなぜ、その男からかかってきた電話を切ってしまったのだろう、と黒木はおもった。顔をしかめ、すぐにおもい出す。そうだ、以前に電話があったとき、今後、この男からの電話は取りつがなくともよい、そう彼女にいったのだった。なぜ、自分がそういったのかといえば、電話をかけてきた男に対して好意を抱いたという記憶がなかったからだ。

黒木は体をおこした。両足を脱ぎ捨ててあったサンダルに突っ込む。妻の視線がなければ、それすら億劫がって省いてしまうところだった。

妻がいった。

「御自分でおっしゃったら？」

「うん」

「わたし、もう言い訳するの嫌よ」

「うん」

「じゃあ、次に電話があったときには、あなたに出てもらいますからね」

「うん」

気のない返事ばかりを返して縁側に座り込んだ彼は、そこに投げ出されていた（というか、彼が投げ出した）朝刊を手に取った。そこには、彼が週のうち六日を過ごしている世界のことが記されていた。

京都にある臨済宗の寺で火事があり、重要文化財の鐘楼が焼けたという記事が大きく扱われていた。空襲で焼かれなかった街の文化財が、いい加減な管理や、ちょっとした不運、あるいは愚かな行為の結果として燃えてしまう。

その他には――マニアの乱獲によって、ある蝶が絶滅しかけているという記事もあった。黒木の口もとが奇妙にゆがんだ。彼は、マニアにありがちなこの種の心理をよく理解できた。おそらく彼らは、蝶を愛することにかけては大なる自信と自覚を抱いているだろう。そしてその点に嘘はない。問題は、彼らが蝶の何を愛しているのか、その点を自覚しないことにあるのだ。

つまりはこういうことなのか、黒木は妙な納得をした。新聞をめくると、国際面に注目すべき記事が載っていた。ソヴィエトとキューバが、援助協定に調印したというのだった。

これは北崎の商売にも影響するな、と黒木はおもった。ソヴィエトはすでに一億ドル以上の援助をキューバにおこなっている。今度はいよいよ、それをおおっぴらにやろうというわけだ。

ソヴィエトが同盟国に対して手厚い援助をおこなうことは、合衆国にも同様の反応を呼びおこす。モスクワが合衆国の裏庭にある同盟国を支援するならば、合衆国もソヴィエトの裏庭にある同盟国を支援する結果をまねく。つまりは日本だ。

ナイキ・エィジャックスか、と黒木はおもった。合衆国は、日本へその新型防空ミサイルを供与した。確か、数日のうちに日本へ運び込まれるはずだ。将来のライセンス生産に備え、北崎でも営業部の飛翔体部門が動いているはずだった。ただ、あまりうまくいってはいないらしい。防衛庁のロケット関連は、プリンスにおさえられている。北崎の努力は無駄になるのではないかとおもわれた。仕方のないことだった。何といっても、昔は中島の一部門だったところだ。すでに、次期支援戦闘機に関して防衛庁と契約をむすんだ北崎に、そうそうおいしい話がまわってくるはずもなかった。

黒木はおもった。

最終的には、俺がやっていること――ロケット技術が欲しいのだろうな。空中発射式ロケットの、現在の到達高度は四〇〇キロ。高層大気や、超音速特性の実験データはそろったと考えてよい。そろそろ開発の方向を、ペイロードの増大や、ロケット・ブースターの追加といった方向に切り替えるべきだ。第一段階で、重量一〇〇キロの衛星の軌道投入。その目的を達成するためには、急がねばならない。科学技術庁の宇宙計画が本格的に動き出す前に、それだけはやっておかねば、今後のイニシァティヴが握れない。もちろん、この俺が、だ。

「君がいつまでもウチにいる人間だとはおもってはいないよ」

数日前、社長室に呼び出された黒木は、北崎望からそういわれた。

「それに、科学技術庁のほうから、要請が出ていることでもあるしね」

事実だった。国産ロケット開発の大方針決定とともに動きはじめた科学技術庁。彼らは、科学観測ではなく、より実利的なもの——たとえば、通信衛星や気象衛星の国産化をめざしていた。しかし、彼らには、それを実現する技術も、人材もなかった。科学観測ロケット一本でやってきた東大との問題もあり、人材には特に困っていた。

まったくゼロから始めようとしている科学技術庁のロケット開発、それには三つ選択肢があった。

東大と協力する

外国技術を導入する

新たに国産技術を開発する

——の三つだ。最初の選択肢はもちろん論外。宇宙開発において、これまでどおり、東大、ひいては文部省の優位を認めることになるからだった。科学技術庁には、文部省の風下に立つつもりなど毛頭ない。

二番目の選択肢は、つまり、合衆国の技術を導入するということになるが、これにも問題はあった。国産技術の発展がひどく遅れることになるのは目にみえていたからだ。日本で液体燃料ロケット開発競争の先頭にいる黒木も、その点の不安は理解できた。しかし、大もとの技術面での初期開発リスクを持たないものが導入されるという魅力には抗しがたい部分がある。

三番目の選択肢は、いうまでもなく、もっとも困難な道だった。まず、科学技術庁独自で、という選択は自殺行為にちかい。彼らは何も持っていない。となれば、企業と協力して、ということになる。ではどの企業と？　科学技術庁のもとめる実用衛星は必然的に大型とならざるをえない。そして、大型衛星打ち上げに必要なものは――大推力の液体燃料ロケット・ブースターだ。では、それを開発する能力を持っている企業は？

北崎しかなかった。というより、黒木のみが、いまだ画餅に等しい科学技術庁の計画を現実へとかえる力を持っていた。結果、科学技術庁宇宙開発推進本部は、大規模な人材派遣、つまり黒木とその手下たちをよこせと北崎重工に申し入れていた。

北崎望は、この要望を原則的に受け入れるつもりだった。

「しごく現実的にいえば、だ」

北崎は意地悪い笑みを浮かべて黒木にいった。

「君の仕事は、我が社のスケールからはみ出してしまった。ここ何年か、企業イメージや、技術育成という面で大きな成果は上がったが、単体の収支という点では、ひどいものだったよ。今年になって政府からついた補助金も、君の馬力の前には雀の涙だ」

「よくもまぁ、あなたが好きなようにやらせてくれていると おもっていました、正直なところね」

黒木はこたえた。

「たいていの場合、私の欲しいものを買ってくれましたからね。親父よりよほどわがままを——」

「まちがっても君の父親にはなりたくないが」

北崎は笑いながらさえぎった。

「それなりに理由があった。ウチのジェット・エンジンの販売実績が好調な理由は、君が湯水のごとく（不足だったかもしれないが、少なくとも私にとってはそんな額だった）資金を消費して突き進めたロケットの研究開発、それが評価の材料になっていた。特に液体燃料ロケットがね。資本主義の走狗たる私にとっては、そこから得られる信用——特に国外での信用は大きかった」

「あなたに、損ばかりさせたのでないのであれば、まぁ、気が楽です」

「楽にしてくれ。これから取り返すつもりでもあるしな」

「？」

「ジェットと同じだ。戦後の滅茶苦茶な時期、当面の損は承知で私は航空技術者を集めた。エンジン関係は特に熱心にね。そしてそれは、特需景気をきっかけに、しっかりと利潤を上げるようになった。そしてついには支援戦闘機だ。YS11は運輸省がらみなので面倒だが、そのうち潰せる。あれは、利潤追求という点から考えるとお先真っ暗な機体だそうだからな。その後は、旅客機も我が社の独占というわけさ。何の文句もない。ロケットも同じだ。科学技術庁が、ウチで、君の開発したシステムを用いた場合、誰のところに一番注文がくるようになるとおもう？」

「あなたのところです。私のおもいどおりのものをつくることができる日本の企業は、こしかない」

「御名答。そして私は、さらに搾取できるというわけだ。まぁ、本格的にもうけられるのは一〇年ほど先になるだろうが。いや、その前に防衛庁も何かいってくるだろう。ああ、星条旗をふって喜んでいる連中からも話があるかもしれない」

　北崎は偽悪的な表情で笑った。

「というわけだから、宇宙開発推進本部で、君に重きをなしてもらわねば困る。そのうち、向こうへ行ったとき──」

　北崎は、あらゆる意味を含めた発音で〝そのうち〟といっていた。

「必要なものがあれば、いってきなさい。何とかする。いままでどおり、国外情報も君の手に届くようにはからうぞ」

「ずいぶん幅のある〝何とか〟ですな」

「君、それが産業資本家たるの勇気というものだよ。安心しなさい。比喩的に表現するならば、君と心中するつもりはないが、葬式と墓と遺族の生活については責任を持つ、そういうところかな」

「ありがたい。しかし、そのためには、もう少しばかり」

「初期投資をおしんでよい結果が出たためしはない。気にせずやりたまえ。やはり、あれか？」

「一年以内に、狙います。おそらく、六割は失敗するでしょう」

「まぁ、いちど、新聞に載ってしまったことだからな。どうせ、ウチとして引っ込みがつかないようにするため、無理を承知で口に出したのだろう？」

「あなたに隠しごとはできませんな」

「雇い入れる人間の調査は完璧におこなう主義なのだ、私は」


おそらくは滅びを避けられまいと思われた帝国で、なかば自己満足のためだけに誘導弾を開発していたころとくらべ、どれほどの変化があっただろう、北崎との会話をおもい出していた黒木は、日の傾きはじめた縁側でぼんやりとそう考えていた。

ただただ自分が存在していた意味を確認したいがために兵器をつくること、それに疑問を持ったことはなかった。

いまもその点は同じだ。結果など考えもせず、ロケット開発に邁進している。より生臭い表現を用いるならば、糸川英夫がこれまで主導してきた日本のロケット開発を、自分の手に奪い取ろうとしている。

その自信はあった。糸川は確かに行動力にあふれた天才だが、それゆえに敵が多すぎる。ロケットのためには手段を選ばないというその行動と、天性の目立ちたがりという性格が災いして、東大の中にさえ、数多くの敵をつくり出していた。学者は、注目されすぎる同類を嫌うものなのだ。俺とあいつとどこが違うのだ、という意識の裏返しとして、彼らはあまりにも目立つ同類を批判する。あれは学者ではない、と。

これに対して、黒木には北崎重工というバックがあった。加えて、国家機関による宇宙開発――それを早期に現実のものとせねばならない科学技術庁も彼を支援せざるをえない。国家事業という性格からいって、ひとたびそれが動きはじめた後は、滅多なことで過ちを認めるわけにはいかない。つまり、黒木が最初に実権を握ってしまえば、少なくとも一〇年、うまくいけばその倍は好き勝手ができることになる。本来、頭がよく、非常に高度な教育を受けているはずの官僚たちとうまくつき合うことさえできるならば、それは決して不可能ではない。ユングは、人間の性質について次のように述べた。閉鎖された社会に参加すると、どれほど優秀な人物でも、巨大な石頭になる。日本の官僚たちはその実例だ。彼らは、個人として出会った場合、素直に感心してしまうほど優れた人物の場合が少なくない。ところが、その彼らがつくり上げている組織の行動は――ときに、信じがたいほどに愚かなものとなる。

黒木はその欠点を徹底的に利用するつもりだった。利潤という絶対的な基準を持った大企業の切れ者相手ならば難しいかもしれないが、自分の所属する官庁の縄張りを本能的にまもろうとする官僚の場合、それなりのつき合い方があるはずだった。要するに、ともに宇宙開発に参加した者として彼らの能力と権能を認め（この点にはまったく無理はない）、同時に国民として、彼らのサーヴィスをもとめればよい。汚い言葉を用いずに表現するならば、そういうことだった。

黒木は、自分の能力の限界を知っていた。

たとえば彼は、天才的な理論家でも、技術者でもない。その才能は、おもに可能性を現実へと誘導する過程において発揮された。礼儀を知らぬようでありながら、彼には、いつのまにか全体の調整を取ってしまうという能力があった。組織者としての才能というべきかもしれなかった。ロケットの世界にあてはめるならば、セルゲイ・コロリョフやフォン・ブラウンというよりも、ヴァルター・ドルンベルガーにちかい人間なのだった。彼はその点を自覚していた。糸川英夫のように、ツィオルコフスキー、ゴダード、ドルンベルガー、フォン・ブラウンといった人々の役割を、一人で果たそうとはおもわなかった（いや、自分にそれができるとはおもえなかった）。裕福とはいえない環境で育った彼は、日本のような国で、その種の人物が受け入れられないこと――それどころか排除される傾向にあることをよく知っていた。こうした現実的態度の大部分は、北崎望から学んだものかもしれなかった。

あと一年だ、黒木はそうおもった。

あと一年、北崎で空中発射ロケットの実験をおこない、玩具のようなものでも構わないから、衛星を打ち上げてみせる。そして、その実績を土産に宇宙開発推進委員会へと乗り込む。その先は——ありとあらゆる可能性が存在している。まぁ、予算の配分だけは、慎重に見まもらねばならないが。金がなければ何もできないのだ。

もうひと息のところまで俺はやってきた。

黒木はそう確信していた。自分が、なぜこれほどまでに宇宙へ——そしてそこへゆくロケットにあこがれたかについて考え、ある情景をおもい出す。

子供のころ、北海道にあった母親の実家で（彼の母は、口減らしのために東京へ働きに出された）、ひと夏を過ごしたことがあった。いまにしておもえば、生活があまりにも苦しかったためだろう。

母の実家も、当然、裕福ではなかった。

だが、自作農をやっているだけあって、食べるものだけは何とかなった。この点、北海道の農家は小作制度が破綻しかけていた東北とは違った。

石狩平野で彼が過ごした夏は、子供のころに味わったもっとも贅沢な時間だった。黒木はそこではじめて地平線というものを実感した。人間の持つ本質的な善について認識したのもそのときだ。母の実家の人々、祖父母や叔父、叔母、少し年のはなれた従兄弟たちは、日本で唯一大陸的な気質を持つ北海道人の典型だった。よくも悪くも大ざっぱで、楽天的に日々を送っていた。

彼らは、黒木にいくらか農作業を手伝わせはした。しかしそれは彼の年齢に見合ったものであり、決して無理なものではなかった。そして彼らは、それによって黒木が食い扶持を稼いだと判断した。他の子供とまったく差をつけずに扱った。黒木を、寄生的な存在ではなく、独立して存在している個人（あるいは労働力）として評価したのだった。

黒木にとって、それははじめての経験だった。そのときはじめて、彼は、自分が子供以外の何かであることを知った。年少者にとり、自分が親しい大人たちから評価されていると知ることほど心はずむことはない。

その一方で、東京からやってきた子供としての扱いもあった。祖父は自分が出征した日露戦役の経験を飽きることなく語り（彼は、旅順攻略時、ただ一度の突撃で全滅状態におちいった第七師団の生き残りだった）、祖母は、恐怖と夢をともに刺激する昔話を寝床の闇にうつし出した。

黒木が、現在の彼をつくり上げる原因となった情景を目撃したのは、そんなある夜のことだった。

その夜は、たまたま祖母が先に寝入ってしまい、彼女の話で目が冴えてしまった黒木は、後にノモンハンで戦死する従兄弟の一人と連れだって外に出たのだった。彼はその原因を従兄弟にたずねた。

新月の真夜中であるにもかかわらず、外は奇妙に明るかった。

従兄弟は不思議そうな表情を浮かべ、空を示した。

そこは光輝を放つ点で埋め尽くされていた。この時代、東京も後の時代にくらべればまだまだ夜は暗かったが、それとはくらべものにならなかった。

星々は圧倒的な輝きでもってそこを支配し、黒木の、いまだ何の偏見もすり込まれていない精神まで取り込んだ。銀河が、そしてそれを構成するものすべてがそこにあった。あえて気取った表現を用いるならば、黒木は、その輝きと自分を対比させ、相対という概念を無意識のうちに理解した。これまでつくり上げていた彼の小さな世界は消失した。自分の知るすべてが、あの輝きの一部であることを彼は知った。そこは見上げるだけの場所ではなく、いつか訪れるべき目的地なのだった。

おそらくはあの情景なのだ、縁側に座り込み、徐々にあやしげな空模様となってゆくそこに視線を向けた黒木はおもった。精神の平衡を失ってしまいそうな星の輝き。うん。子供へのすり込みとして、これにまさるものはあるまい。そして俺は、いまだにそのすり込みにあやつられている。

再び電話の音がきこえてきた。妻が応対する声がきこえた。足音。

「あなた」

先ほど電話をかけてきた男からだった。

「そんなに悪い奴じゃあなかったんだ」

黒木は屋内に上がりながらいった。好意を抱いてはいなかったが、嫌っているというわけでもなかったことをおもい出していた。

「ならば」

彼の子供を何人か産んだ女性はいった。

「どこかに紹介してさし上げたらどうなの?」

「そうすべきなのかもしれない」

もしも彼に、あの情景が理解できるのならば。

いや、理解できまい、と黒木はおもった。

三　発射命令

——破局の日

「そしてその時、戦争は人間が
耐えられる限界を越えるであろう」

――アドルフ・ヒトラー

1

破局は、誰もが予想したような形で始まらなかった。それは劇的でもなければ、納得できる手順を踏んでもいなかった。どちらかといえば、すべての人々が状況をつかみきれなくなったために引きおこされたのだった。

「連中、本気だ」

檜町の航空幕僚監部にいた原田のもとへ府中の航空総隊司令部の友人から電話があったのは、一〇月二一日午後一時のことだった。

「本気は前からわかっている」

原田はこたえた。

「じゃあ、訂正する。やる気だ。ケネディが決断した。日本中の基地でデフコン2が出ている。こっちもつき合わざるをえん。海のほうでも何か始めたらしい。沖縄も妙だ」

「もう一方の動きはどうなのだ？」

「対応している。北のほうのサイトはかなり忙しいおもいをしている」

「面倒な話だ」

「とにかくそういうことだ。切るぞ」

「何かあれば連絡をくれ」

「それができればな」

日米安保体制とは、合衆国の軍事力によって日本の安全保障をおこなうシステムだと説明されることが多い。しかし、その実態は——特に緊急時は、別の姿があきらかになる。それは、日本を合衆国の安全保障の材料として組み込むことで（つまり自主性を半ば捨て去ることで）、日本の安全を確保するというシステムなのだった。

そこから生じるリスクと利益を考えた場合、非常に合理的な取引といってよかった。日本は、滅多に発生しない緊急事態をのぞき、合衆国が世界規模で展開する戦力によって経済活動の安全を確保されるからだ。

だが、現在のような情勢の場合、あえて受け入れたリスクがさまざまな問題を引きおこす。一例をあげるならば、ほとんど誰も知らぬうちに、合衆国軍に合わせ、自衛隊の戦闘準備態勢が整えられてしまうということがあげられる。はたしてこれが、左翼政党が好む表現――自衛隊が合衆国軍の「指揮」を受けている、といってよいかどうか、難しいところはあるが、日本側からみれば、面白くない事態であることは確かだった。それは、原田のような幹部自衛官たちも例外ではない。そのためだろうか、自衛隊のあちこちには、情報を公式のルートよりはやく「友人」に流し、事態の早期把握を心がけるという私的な情報網が存在していた。

いま、府中から電話をかけてきた原田の友人は、その私的ネットワークの参加者の一人だった。航空総隊司令部は、日本駐留の合衆国第五空軍司令部と同じ建物におかれているから、情報は正確であるはずだった。

こんなところだろうな、軍事組織の司令部というより、高校の職員室にちかい印象を持った空幕の一室で原田はおもった。

ケネディは、キューバに配備された反応弾頭ミサイルの排除――空爆と上陸作戦によるキューバ侵攻を決定した。戦力は、いうまでもなく合衆国側が圧倒的な優位にあり、電撃的な勝利が可能――そう考えたに違いない。

原田は推測をつづけた。

いちおう、大統領補佐官たちは、いかなる選択肢を用いた場合でも、完全な予測は不可能だと進言したのだろう。それが彼らの仕事であるからだ。

一方で、ケネディは、短期間のうちにキューバを失えば、ソヴィエトは外交的な批判以外、何もおこなうまいと判断した。ケネディは、自らの判断の正しさを証明する材料を持っているのだ。それが何であるのか、自分にはわからないが、よほど確度の高い情報に違いあるまい。

原田の推測はまったく正鵠を射ていた。

ケネディにキューバ侵攻という決断を下させたのは、ようやくのことで実用の域に達しつつある偵察衛星がもたらした写真情報と、西側がソヴィエト軍部に持っていたもっとも貴重な〝資産〟――参謀本部情報部のオレグ・ペンコフスキー大佐が流したソヴィエト軍事力の詳細な情報だった。

それらは、貴重な真実をケネディに教えた。

最初の、サモス偵察衛星で味わった失敗（サモス・シリーズは、一枚もまともな写真を撮影できなかった）を教訓に開発したコロナ偵察衛星は、ソヴィエトのＩＣＢＭがこれまで予想してきた数よりはるかに少ないことを証明した（七六基――合衆国軍の推定、その一五パーセントにすぎなかった）。ペンコフスキーのもたらした情報は、キューバ問題について恫喝的な発表を繰り返すフルシチョフが、実際のところ、軍をまともな準備態勢においていないことをつたえていた。ケネディは、他のチャンネルから続々と流れ込んでくる情報をこれに加えて情勢を判断し、キューバ侵攻を決断した。

（しかし、どうだろうか）

原田は疑問を抱いた。

ケネディは正しい判断を下しているのか？　どうにもあやしげなところがある。

確かに、ケネディにつたえられた情報、そのほとんどすべてが真実だった。と同時に、真実の一端を示しているにすぎなかった。コロナ衛星はソヴィエトが配備したICBMすべてを撮影できたわけではなかった。ペンコフスキーもすべての文書に目を通すことはできなかった。さらには、ソヴィエトがここ数年で建造した弾道弾搭載潜水艦《SSB》がどれだけ海に出ているかもわからなかった。

たとえば、ソヴィエトが一二〇基のICBMを実戦配備していることを彼らは知らなかった。フルシチョフが戦略ロケット軍（ICBMを扱うソヴィエト独自の独立軍種）さえ高度な準備状態においておけば、いかなる状況にも対処できると信じていたことも知らなかった。ソヴィエト海軍が、カリヴ海での危機、その激化に呼応して、三〇隻近いSSBを出撃させていたこともつかんではいなかった。

どうも信用できない、と原田はおもった。だいたい、合衆国とは、競争相手のドクトリンを根本から誤解しつづけてきた国ではないか。

これは、歴史上の大国が必ず有していた一種の中華思想に起因するものだ。つまり、彼らもまた大国である限りは、我々と同様に考えるだろう、という発想だ。

合衆国という国は、この種の意識が特に強い。彼らは、自分たちの正しさを信じている。このため、地球上の全国家が、自分たちと同じ判断基準を持っているものと考えがちになる。ひねくれた表現を用いるならば、世界の国々は合衆国と同じ手法をもって、合衆国の手から覇権をもぎ取ろうとしている、そういうことだ。何たるフェアプレイの精神であることか！

彼らが打ち出す対外政策はすべて、このような意識から決定されている。彼らは彼らなりに緻密な分析をおこない、方針を決定する。こちらはこうしたのだから、我々と同様に考えるはずの相手はこのように対応するはずだ、と考え、それを実行に移す。自分たちがゲームをしかける相手が、自分とは生まれも育ちも違い、それゆえに物の見方も違っているとは絶対に考えない。

たとえば一九四一年一二月八日、日本海軍が真珠湾を奇襲するなどという事態は、彼らの判断基準からいえばありえないことだった。勝てるはずもない戦争を始める国などない、彼らはそう考えていた。当時、日本軍の行動についてかなり正確な情報を手に入れていたにもかかわらず、奇襲された理由はそれだ。合衆国は、政治的・経済的に追いつめられて孤立した国家が政治的自暴自棄におちいるなどと、考えたこともなかった。そして合衆国は、その判断ミスを競争相手よりつねに優越していた国力を合理的に運用することでうめ合わせてきた。何も、つねに正しい判断を下してきたわけではないのだ。

今回、ジョン・F・ケネディがホワイトハウスで下した決定も、合衆国が過去に下してきた判断とさしてかわるところはない。彼のあやまった世界観によって導かれた決断である可能性が、大いにある。

特に、ソヴィエトの軍事ドクトリンに関する認識があやしい。

柔軟反応戦略が採用されていらい、合衆国はソヴィエトとの戦争が〝エスカレーション〟するものと信じている。エスカレーション。その用語を初めて教えられていらい、原田は不思議におもっていた。

確かに、合衆国がそう考えている、と主張するのは彼らの自由だ。しかし、ソヴィエトが同じように第三次世界大戦を戦う腹づもりだという証拠はどこにあるのだ？

原田は、陸軍士官学校にいたころ、陸軍の主敵とされていたロシア人についてあれこれと教育を受けた。ドイツへ派遣された後も、ドイツ陸軍の軍人たちと機会を捉えて議論するなどして、自分の認識を深めようと努力した。

そこから得た彼の認識によれば、ソヴィエトの軍事ドクトリンに、エスカレーションという概念は存在していない。あるいは、合衆国はそれを喧伝することによって無理矢理つき合わせるつもりなのかもしれないが、ロシア人の伝統的な発想からいってそれはありえなかった。

ソヴィエト――ロシアは、伝統的に砲兵を重視してきた国だ。その運用の基本は、目標に向けて、短時間のうちに、どれだけ多量の砲弾を送り込めるかにある。

とうぜん、味方の損害をおさえるためには、敵より先に撃ってしまうことが望ましい。

彼らは、過去のあらゆる戦争で、その実現に努力してきた。

原田にいわせるならば、ロシア人は、もっとも強大な破壊力を持つ兵器――ICBMを、もっとも強力な砲兵として認識しているはずだった。つまり、そのもっとも効果的な用法は、先制全面攻撃ということになる。先制と集中。ロシア人は彼らの信奉するその二つの要素を、反応兵器においても実現しようと考えているはずだった。

そしてロシア人たちは、合衆国もまた、自分たちと同様の判断をおこなっている――まちがいなくそう考えている。合衆国と同様の、大国としての独善が彼らにそう考えさせている。

当然、ケネディのとなえるエスカレーションなど、欺瞞にすぎないと決めつけている。相手の使用する兵器に合わせて、自分の側も用いる兵器や兵力を強化してゆく、という柔軟反応戦略は、彼らにいわせるならば、まったくの絵空事だ。戦争がただ長引くだけの結果に終わりかねないからだ。

原田は額に浮かびはじめた脂汗を左手の人差し指でぬぐった。彼には、ケネディの決断に対するロシア人の反応が想像できた。ドクトリンからいって、ソヴィエトは、合衆国が自分たちの勢力圏に手を出した瞬間、反応兵器全面使用にふみきるつもりだ。そしてもちろん、キューバは彼らの勢力圏内に存在している。

（ここまで想像がつくのに）

何もするべきことがないとは、原田は自分の立場の弱さに呆れ返るおもいだった。あまりにも巨大な国同士の対立——そしておそらく、不可避の全面反応兵器戦。日本が、自衛隊がそこで何かをおこなうことなど不可能といってよい。おそらくこのまま、ただ恐怖におびえ、ソヴィエトの弾道弾、その弾頭がノーズコーンを赤く輝かせつつ落下してくる瞬間を待つほかない。日本には、弾道弾（おそらくＩＲＢＭかＭＲＢＭだろう）を迎撃する戦力はないし、攻撃を手控えさせる戦力もない。この列島は、第三次世界大戦において単なる標的にすぎない。

絶望的といえば、これほど絶望的な状況ははじめてだな——原田は力のない笑みを浮かべた。少なくとも昭和二〇年夏には、手をあげれば、国民の大部分は生き残ることができるという希望があった。それが今度は——下手をすると全滅しかねない。

ばかばかしい。

原田は自分の腹の底にわいてきた考えに笑い出しそうになった。日本が現在の苦境を回避し得た選択肢はただひとつだけであることに気づいたからだ。独自で大規模な反応兵器戦力を保有し、米ソ双方の安易な対立の抑止力をはたすこと。つまり、日本が自らの望むかたちの平和を達成するには、地球上のすべての国家がこの国の力でねじふせられていなければならないのだった。

確かにばかばかしかった。しかし、これまで国内でまじえられてきたすべての議論、たとえば非武装中立、あるいは武装中立等々も現状に何の影響力も持たぬ点では同じだ。何の意味もない。

原田は我慢しきれないように二、三度低い笑いを漏らした。畜生め。人類はようやく、大気圏外に梯子をかけるところまできたというのに。これで終わりなのか。

同時に、彼の内部の訓練された部分は、非公式ネットワークに参加している上官の内線番号をまわしていた。たとえ絶望的な状況であっても、最後まで行動しつづける。それが、いまの彼に可能な唯一の現実逃避策だった。

2

一〇月二〇日、大統領によって対キューバ侵攻が決断され、合衆国軍は行動を開始した。

ケネディは作戦開始期日を東部時間一〇月二二日早朝（日本時間一〇月二三日夜）と決定していた。

合衆国の戦力は圧倒的だった。

洋上には〈エンタープライズ〉を含む八隻の攻撃型空母《CVA》を主力とした一八三隻の艦隊（第１３６任務部隊）が展開し、キューバを包囲しつつあった。合衆国がバティスタ政権時代に締結した条約をたてに取って使用しつづけているキューバ東端のグアンタナモ海軍基地には、防衛用に七〇〇〇名の海兵隊が増強された。マクナマラ国防長官が一九六一年にとなえた構想によって実現された統合戦略機動兵団――合衆国打撃軍《U.S.STRICOM》は、ここ数ヶ月ほどのあいだに作戦準備展開を完了していた。これは、陸軍約一〇万、欧州正面から転用された二七五機を含む戦術航空機一〇〇〇機に達する強大な戦力だった。さらに、この戦力を戦略兵力――戦略空軍《SAC》が支援した。Ｂ52による反応兵器パトロールが強化され、基地には予備役動員をかけてその数を増した一〇〇〇機の戦略爆撃機（Ｂ52、Ｂ47、Ｂ58）が待機状態に入った。弾道弾も例外ではなかった。全米に配備された一四四基のＩＣＢＭ、その要員たちに警戒命令が出されていた。

合衆国軍の行動は、世界最強を自称するにたる、完璧なものだった。それもそのはず、彼らは、〈サパタ〉作戦、〈マングース〉作戦（前者はピッグス湾事件として知られる）の失敗と中止を受け、有事想定のひとつとして研究されてきた〈エクスレイ〉作戦計画にしたがって行動していた。

それは、キューバ問題で成果をあげたためしのないケネディ政権が、それを一挙に解決する方策、その選択肢のひとつとして考えていた全面侵攻計画だった。〈エクスレイ〉作戦計画に適合した兵力展開演習も何度かおこなわれており、大規模な作戦の際、つねに問題となる兵力輸送・兵站《へいたん》についての不安は打ち消されていた。問題は皆無というわけではなかったが、作戦準備そのものに影響を与えるほどのものは発生しなかった。戦場は合衆国本土の脇腹であり、欧州や東南アジアではない。

一〇月二一日夕刻、大統領命令にしたがって行動を開始した全兵力が所定地点への集結を完了した。誰もが、四八時間以内にキューバ、そこに存在する反応兵器は消滅するであろうと考えていた。大西洋と太平洋で、警戒態勢を整えつつソヴィエトと大陸中国をにらんでいた他の合衆国軍将兵も同様の感想を抱いていた。その中には、ターゲット・マップに記された目標から二二〇〇キロの海中に潜む九隻の反応推進型弾道弾搭載潜水艦《SSBN》も含まれている。

一方、ソヴィエトも臨戦態勢を完成していた。フルシチョフの政策にもとづき、地上部隊は東欧に置かれたものだけが動員されたにすぎなかったが、反応兵器を運用する戦略ロケット軍、長距離空軍（戦略空軍）、前線航空軍（戦術空軍）、そして海軍潜水艦隊はその全力に動員がかけられた。本来、装備・兵員のかなりの部分を日常的に行動させせないソヴィエトの場合、その動員にはかなりの手間がかかる。だが今回は、危機が数ヶ月の時間的余裕を持って進行してきたことが彼らの弱点を表面化させなかった。フルシチョフは、彼が有する反応兵器戦力のほとんどすべて（と、単独で西ドイツを制圧する戦力を持つとされる駐独ソヴィエト軍）をキューバ問題についての最終的カードとして手もとに握った。このほかにもちろん、ソヴィエト本土の防空を担任する防空軍が動員状態に置かれたことはいうまでもない。

ただし、フルシチョフにとってちょっとした頭痛の種となったのは、IRBM及びMRBMの配置を変更しなければならなかったことだった。彼は増産されたものをキューバへ持ち込もうとしたが、それは、コロリョフによって否定された。このため、もっとも戦略的重要度が低いと判断された正面――日本を目標として配備されていたIRBMとMRBMをキューバへとふり向ける必要が発生した。

彼はそれを実行した。そのかわりに、日本へは、合衆国を狙うはずだった弾道弾搭載潜水艦のうち一隻を割りふった。潜水艦から発射される弾道弾は命中精度が悪いが、そのかわり、弾頭威力が大きくなっている。日本に関する限り、フルシチョフはそれを最初から用い、合衆国軍の基地ともども東京周辺を絶滅させることとした。合衆国がキューバを叩くのと引き替えのつもりだった。

二大超大国は戦備を完成した。彼らは徐々に緊張の度合いを高めつつ、その時を待っていた。世界に存在する他の諸国も同様だった。誰にも何を考えているのかわからない大陸中国、本人たちも自分自身のことがよくわかっていないフランスをのぞき、世界の大部分は米ソいずれかの安全保障体制に組み込まれており、事態が緊迫した場合、否応なく平時のツケを取り立てられる立場にあった。

3

海上自衛隊大湊地方隊の第5駆潜隊に所属する〈うみたか〉と〈おおたか〉は、徐々に陣容を整えつつある海自対潜艦艇群の中でも特殊な位置づけをなされるべき新鋭艦だった。

排水量四四〇トン、戦時中の駆逐艦にくらべると漁船のような彼女たちは、兵装という面からくらべるならば、これまでの駆潜艇と同じで、新味はなかった。四〇ミリ機関砲一門、ヘッジホッグ一基、爆雷投下軌条一基という兵装である。彼女たちにおいて評価されるべきことは、おそらく日本の戦闘艦艇としてはじめて、居住性の改善を目的とした排水量の増大が行われたことだった。

これは、従来の――特に戦前の日本艦ではほとんど等閑に付されていた要素であり、そうした事柄が考慮されたということは、海上自衛隊の方向性が必ずしも旧海軍の再現ばかりではないことを証明していた。

日本時間一〇月二二日正午、〈うみたか〉は、駆潜隊を編成している〈おおたか〉とともに、津軽海峡を航行中だった。舳先は日本海へと向けられている。津軽海峡と日本海が接する海域で不審な磁気異常を探知したとの通報が、八戸基地から発進した第二航空群のP2V7対潜哨戒機から入ったのだった。目まぐるしさすらおぼえる海上自衛隊の組織改編の影響で、変則的な二隻編成の駆潜隊（通常は四隻）を構成していた〈うみたか〉と〈おおたか〉だけでは確実な探知と追尾は期待できない。このため、現場では、八戸から交代で飛来し、上空でオン・ステーションしつづけているP2V7とともに共同で探知・追尾を試みる手はずとなっていた。

二隻の駆潜艇は、相互の距離を規定どおり四五〇メートルあけた艦隊を組み、全速の二〇ノットで作戦海面へ向かった。

〈うみたか〉艇長の倉田康平三佐は、海防艦乗組の海軍中尉として敗戦を迎えた。彼の商売はそのころから水雷で、潜水艦だけをひたすら追いかけてきた（帝国海軍や海自の場合、水雷科が対潜戦闘を担当する）。戦後になって新たな海軍が海上保安庁の一部門として再建されたとき、倉田は迷うことなくこれに参加した。彼は、新たな海軍で、帝国海軍がおかした過誤のうめ合わせをしたいと考えていた。日本帝国は、機雷と潜水艦によって海洋通商路を破壊され、崩壊した、彼はそう考えていた。戦略爆撃、反応兵器といったものは、機雷と潜水艦によって生じた破局を目にみえるかたちで示したにすぎない。

数年前、当時の合衆国太平洋艦隊司令長官だったチェスター・ニミッツ元帥が発表した回想録の中で同様の見解が述べられたことが、彼の意見の正しさを証明していた。ニミッツは戦略爆撃も反応兵器も、日本に対する勝利には必要なかった、そう主張していた。それらは一般に市民をいたずらに傷つけ、街を破壊するが、目にみえるほどの現実的効果があるわけではない。反応兵器についても、ニミッツは（戦時中でさえ）使用に賛成していなかった。

ニミッツにいわせるならば、当時日本帝国はすでに断末魔におちいっており、反応兵器などという無粋なもの——軍人も民間人も区別せずに殺戮してしまう兵器の使用は合衆国の名誉をおとしめるだけだった。戦争は、あくまでも軍人同士の闘争によってのみ決着がつけられるべきで、そこに民間人を巻き込んではならなかった。ニミッツもまた、V2を、それを開発したフォン・ブラウンを嫌ったアイゼンハウアーと同様に、古典的な戦争観と良識を持つ、合衆国の美質を具現した人物だった。

「右三〇度に機影。ちかづいてくる」

双眼鏡を構えて前方を監視していた哨戒員の報告が、彼らの用いている無電池電話の接続されたスピーカーから響いた。

艇長用座席に腰掛けていた倉田は、縦よりも横に広い印象のある身体をなかばそこから浮かすようにして、首にかけていた双眼鏡を構えた。二〇倍双眼鏡に機影が飛び込み、すぐに視界から出た。

「前方の機影は友軍哨戒機」

倉田が機影を再びとらえる前に、哨戒員が新たな報告をおこなった。

「電話よこせ」

倉田は角張った顔にわずかな緊張を浮かべて命じた。つねに冷静で、どんなときにもすべてを掌握している艦長《オールド・マン》は、すべての海軍軍人にとっての夢、伝説といってよい。下士官兵はもちろん、士官たちも、自分がそのような艦長に仕える——あるいは、そのような艦長になることを軍人の理想として捉えていた。

倉田もその例外ではなかった。彼は、自分が伝説の艦長たる資格にかけていることについて、時たま絶望的なおもいを抱くことがあった。

倉田は送信した。せめて声だけは平静にきこえるようにと願っていた。

「パパ・ヴィクター25、こちらはウルフ01。統合ＡＳＷミッションの開始について同意せられたい」

Ｐ２Ｖ７から応答があった。

「ウルフ01、こちらパパ・ヴィクター25。同意する。君たちの到着を待っていた」

「了解、パパ・ヴィクター25。現状は？」

そうたずねつつ、彼は海図盤にちかづいた。すでにそこには、航海士が定規とコンパスを構えてはりついている。倉田は電話をスピーカーにつながせた。

Ｐ２Ｖ７が報告した。

「不明水中目標は、現在、貴艦の前方海面に伏在。何度かソノヴィを放り込んだが、はかばかしくない。ＢＴ観測によれば変温層は深度一〇〇メートル。海流は北東方向、毎時約四ノット」

倉田は応答した。

「了解、パパ・ヴィクター25。ウルフ01並びに02は横隊をとり、低速で前進する。俺たちはアクティヴを打つべきだとおもうが、どうか？」

「やってくれ、ウルフ。それで向こうがあわててくれたら、しめたもんだ。パパ・ヴィクター25、以上」

「ウルフ01より02」

倉田は〈おおたか〉に命じた。本来、駆潜隊旗艦である彼の〈うみたか〉には隊司令が座乗しているべきなのだが、隊司令は横須賀へ出張中で不在だった。このため、いまは彼が先任指揮官として二隻の指揮を臨時にとっている。

「君は本艦の右舷正横一五〇〇についてくれ。相対位置が確保されしだい、行動を開始する」

「ウルフ02了解」

取りあえず出すべき指示を出してしまうと、一瞬の空白が生じた。倉田は海図盤にかがみこんだ。自分が現在遂行している任務の難しさについて、はっきりとした緊張と、いくらかの恐怖をおぼえる。

これが、通常の不明水中目標――つまりソヴィエト太平洋艦隊の潜水艦を追いかける任務であれば、どうということはない。向こうが、日本領海付近での行動をあきらめるまで、刺激しすぎないていどの距離をあけつつ追尾をつづければよい。

しかし、今日は普段と状況がことなっている。世界は緊張に満ち、第三次世界大戦の勃発はいつかと固唾をのんでいる。

そのような状況で発見した不明水中目標に、どのような対応を取ればよいものか？

ここ数日のあいだに、超大国の兵力展開に呼応し、自衛隊も高度な作戦準備態勢に入っていた。海自は空自ほど素直ではないから、デフコンで直接的な指示をおこなうことはしない。だが、実際にはいつでも戦闘を開始できる準備を整えている。〈うみたか〉と〈おおたか〉も、弾庫は実弾でいっぱいだった。ヘッジホッグのランチャー、爆雷投下軌条のそれぞれにも実弾が装塡されている。上空を飛行しているP2V7も、Mk34対潜誘導魚雷と、ロケット弾を搭載しているはずだった。

そのことについては、倉田にさほどの不満はない。実のところ、合衆国第7艦隊（その空母機動部隊は、有事の際、太平洋から日本海へなぐり込み、直接ヴラディバストークを叩くことになっていた）の安全を確保するために出動させられていることも気にならなかった。キューバをめぐる米ソ対立は、日米安保があろうとなかろうと、日本へ影響を与えずにはおかない。それは、戦略的要地に存在する国家の宿命だった。

倉田が気に入らないのは、米ソの軍人たちが、反応兵器という下品なものを用いた戦争を当然と考えていることだった。どれほど気をつけたところで、その強大な破壊力は、民間人を巻き込んでしまう。恥を知れ。ある世代の日本人に特有の意識でもって、彼は大国の軍人たちを内心でののしっていた。民間人を殺戮する能力を競う戦争など、軍人たるものがかかわるべきではない。そのような「作業」は政治家に任せてしまうべきなのだ。つまりは、倉田もまた、ニミッツと同様の戦争観を持った人間なのだった。彼は、かつて帝国海軍がおかしたあやまち——海上護衛の軽視という罪を償うつもりで新海軍に入った。そうした考え方を愚かなものと批判する人間が存在することは知っていたが、それはそれでよかった。かつての帝国は、異論の存在を認めぬがゆえに、必敗の戦争へと突進したからだ。性格的にいささか剣呑な部分があるため、海兵出身であるにもかかわらず昇進が遅れていることもさして気にはならなかった。彼が海自の制服を着込んでいる理由は、かつてまもりきれなかった商船とその乗員たちへの贖罪だけが目的であるからだった。そして倉田は、反応兵器を用いる戦争など、政治家に任せてしまえという自分の考えが、どれほど現実の的確な要約になっているかを知らなかった。

哨戒員の報告が響いた。

「パパ・ヴィクター25、ソノヴィ投下」

倉田は顔を上げた。海上に円筒形の物体が落下し、飛沫を上げていた。パッシヴ・ソノヴィ。自らは音を出さず、水中に耳をすませて潜水艦の位置を探知する小型ソナーだ。

P2V7は全長二八メートル、全幅三〇メートルにもなる大型機とはおもえぬ低空急旋回をおこないつつ洋上を飛んだ。最初に投下したソノヴィの周囲を取り囲むようにして、次々と新たなソノヴィを投下してゆく。

すべては艦隊司令部の滅茶苦茶な命令変更ゆえだ、アレクセイ・フェドロヴィッチ・コーズレフ中佐は腹の奥でそう毒づいた。彼の指揮する潜水艦の発令所は、唾をのみ下すことすらはばかられるほどの静寂に支配されている。

コーズレフの指揮する弾道弾《S》搭載《S》潜水艦《B》〈ヴェルチンスキー〉は、合衆国がゴルフII級潜水艦と呼ぶ改装潜水艦の八番艦で、一九六一年、北極海に面したドヴィナ湾にあるゼヴエロドヴィンスク工廠で、新たな存在へと生まれかわった。一九四〇年、スターリンが

〈ソヴィエツキー・ソユーズ〉級戦艦二隻を同時に建造するために建設した巨大な建造ドックの片隅で、三基の潜水艦発射弾道弾の運用が可能な潜水艦へと改装されたのだった。それいらい、〈ヴェルチンスキー〉は、合衆国を攻撃目標とした訓練に明け暮れてきた。とはいっても、あくまでも弾道弾を合衆国の目標に打ち込むことが任務であるから、攻撃型潜水艦のように華々しい内容のものではない。いかに静かに、誰にも気づかれずに行動するか、だ。米ソを問わず、弾道弾を搭載した潜水艦は、攻撃的な行動を許されていない。彼女たちの価値は、水中に隠された弾道弾の秘密基地という点にのみあるからだった。

　昨年末に〈ヴェルチンスキー〉の艦長に任ぜられたコーズレフは、がんらい戦闘的な男だった。それまでの任務は西側がノヴェンバー級と呼ぶ〈レニンスキー・コムソモレッツ〉級攻撃型潜水艦《SSN》（もちろん反応動力推進）の艦長職で、まったくもって彼の性格に合致した任務だった。反応炉が生み出すエネルギーによって、水中を自由に航行し、敵水上艦艇や潜水艦に襲いかかる。攻撃型潜水艦の任務はその名のとおり荒々しい。いや、攻撃をおこなう瞬間まではしわぶきひとつ立てぬようにして行動せねばならなかったが、敵艦に狙いをつけた後の活動はそれとまったく逆になる。ソヴィエト海軍はひとたび大きな音を発生させた潜水艦が、たとえ反応動力推進の高速艦でもどれほど脆弱な存在となるかについて実戦的な経験を持たなかったから、それは、西側では信じられぬほどに荒っぽい内容だった。

過去、コーズレフはそれを完璧にこなしてきた。そして、それ故に弾道弾搭載潜水艦の艦長に推挙され、〈ヴェルチンスキー〉を任されている。ソヴィエト海軍では、SSBの艦長職が他のそれより一段階上の職務とみなされているからだ。コーズレフは、将来彼を待ち受けている海軍少将——提督の地位に座る前に足をかけねばならない階段の最後の一段として、この任務を認識していた。そうでなければ、彼のような男がひたすら身を隠すだけが商売の弾道弾搭載潜水艦の艦長を喜んでつとめるはずもなかった。正直いってそれは薄汚い任務だとおもっていたし、搭載されている弾道弾（西側呼称SS—N—5）は何とも不気味な代物だった。それは、まともな固体燃料を開発できないソヴィエトの現状が生み出したもの——液体燃料ロケット・エンジンを使用していたからだ。つまり、それを発射するには、艦内でケロシンと液体酸素を充塡しなければならない。いうまでもなく危険きわまりなかった。静電気の火花がひとつ発生しただけで爆沈してしまうことを意味しているからだ。メカニズムを整備補修して運用することの不得手なソヴィエトも、弾道弾がらみとなると話はまったく別で、つねに、優先的に整備を受けることができたけれども、それでも、安心しきることはできなかった。

実際に発射するとなると、我が国の弾道弾潜水艦の何割かは事故によって爆沈するさだめなのではないか——コーズレフはそう考えていた。以前のそれとはことなり、SS—N—5は水中発射が可能となった弾道弾であるがゆえに、その危険はさらに高まっているようにおもわれた。

「海面付近に不明音響発生」

ソナー員が報告した。

コーズレフは海図盤をのぞき込んだ。おそらく、妙な名前を自称する日本帝国主義者海軍の対潜機に違いない。ソノヴィを海面に投下し、こちらの位置をつかもうとしているのだ。

「同志艦長」

顔面があおくひきつってしまった政治将校がたずねた。彼の声は、潜水艦の——敵に発見されかけている潜水艦の艦内で発するにはあまりにも大きすぎる声だった。

「どうするのだ」

政治将校は無神経に音響を響かせながらコーズレフにつめよった。

「このままでは敵に発見されてしまうぞ」

「声をおさえたまえ、同志政治将校」

コーズレフは低く、小さく、そういった。軍艦に乗り込んだ政治将校は艦長と同格——実際は艦長以上の権限を持っているため、はっきりと命令することができないのだった。

「貴官の不用意な行動が原因だ。そのために、帝国主義者どもに発見されてしまった」

政治将校はつめよるようにしてコーズレフを難詰した。

「いま、打開策を思案している」

コーズレフは感情を押し殺してこたえた。

「しばらく静かにしてくれたまえ」

彼には、政治将校の口にしている言葉がまったくのいいがかりではないことがわかっていた。〈ヴェルチンスキー〉が日本人に発見されたのは、コーズレフの命じたシュノーケル航行に原因があった。司令塔上《セイル》から潜望鏡のようにして水面に突き出されたディーゼル吸排気筒が、敵哨戒機の水上捜索レーダーに探知されてしまったのだ。

だがそれも、もとはといえば無理な命令変更のおかげだ、とコーズレフはおもった。本来、北米のどこかを攻撃する任務が与えられていた〈ヴェルチンスキー〉。それが二週間前になって急に日本近海での隠密行動へ任務を変更された。そのときすでに〈ヴェルチンスキー〉は洋上にあり、合衆国西海岸へ航行している途中だった。

指定された期日までに待機位置へ進出するため、コーズレフはかなり無理な航行をおこなわねばならなかった。日本の対潜機が監視している海域でのシュノーケル航行も、その無理のひとつとして、危険を承知でおこなったものだ。

「このままでは、非常命令第8項を実施せざるをえなくなるぞ」

政治将校が噛みつくようにいった。持ち場についている乗員たちは艦長と政治将校の対立に聞き耳を立てている。

「非常命令第8項？」

コーズレフは白々しい態度でたずね返した。乗員に無用の恐怖を与えるわけにはいかないからだ。

だが、彼にしてもその可能性を考えていなかったわけではない。

弾道弾搭載潜水艦は、その任務の性格上、他の艦艇とはことなるさまざまな行動規則が定められている。そしてそれらはすべて、〝非常命令〟と大きく記された命令書のかたちで、出撃のたびに艦長と政治将校に手渡される。

その内容は、できることならば絶対に陥りたくない事態――それが発生した場合にとるべき行動の羅列だった。第1項、指揮官はいかなる場合においても非常命令を遵守すべし。第3項、非友好国領海内において航行不能に陥りたる場合、当該非友好国に対する攻撃命令の有無を確認せよ。攻撃命令なき場合、艦長は政治将校と協同し、艦に搭載されたもっとも強力な兵装を自爆装置として使用し、艦を自沈せしめること。この措置は乗員脱出より優先せられるものとす。第6項、非友好国領海内で攻撃を受け、脱出が可能であると判断される場合、自衛戦闘を実施すべし。そして――

第8項、攻撃命令を受領したる非友好国海面で発見・攻撃を受けた場合、ただちに命令書及び目標地図に記載された攻撃目標へ最大規模の攻撃を実施すべし。

コーズレフは何の解答も示してはくれない海図をにらみつけた。彼の隣では政治将校がうるさくたずねつづけている。ソナー員が、航空機から投下されるソノヴィ着水音に加え、水上艦のスクリュー音が複数きこえるとの報告をよこした。どうやら日本人は、彼の〈ヴェルチンスキー〉を包囲するつもりらしかった。コーズレフは現状が非常命令第6項に該当するものと捉えていた。だが政治将校は、第8項のほうをあいかわらず重視している。

　何とか逃げ出すことができれば、コーズレフはおもった。だが、彼はこの付近の海域で待機せよという命令を受けているし、基本的には大して優れた性能を持っているわけではないディーゼル・電池推進潜水艦の〈ヴェルチンスキー〉は、対潜機や水上艦の追跡をふり切るほどの高速力を発揮できるわけではない。

「非常命令第8項の実行を考慮すべきだ、同志艦長」

　政治委員が視野狭窄をおこしているような目つきでいった。

「いや、現状では早計だ」

　コーズレフは首をふった。遅すぎる、あるいはそう表現すべきかな、ともおもう。彼にいわせるならば、非常命令第8項には根本的な矛盾があった。

　液体燃料型弾道弾の発射は、命令ありしだいただちにおこなえるものではない。普段は危険を避けるために空にされている弾道弾のタンクに、酸化剤と推進剤を充填した後に、はじめて発射が可能となる。ソヴィエト海軍では、SS—N—5弾道弾に関するその種の作業を、一五分でおこなうように訓練を施していた。

一五分。あまりに長い時間だ、コーズレフはそうおもっていた。敵艦に探知された後の一五分。それも、二つの危険な液体を流し込むあいだ、回避運動はおこなえない。田舎道を走っている車の中で、ポットから熱い茶を注ごうとするのは愚か者だけだ。おそらく、発射態勢を整える以前に撃沈されるか、爆沈するはめになる。そうした意味において、非常命令第8項は、軍隊にありがちな、実行不可能な命令なのだった。

海面付近で新たな音響が発生した。コーズレフの選択肢は秒単位で狭まりつづけている。

最初に投下したソノヴィの周辺に一二本のソノヴィを次々と投下したP2V7は、低空旋回をそのまま継続し、ソノヴィ付近にそれぞれ新たな物体を投下しはじめた。ジュリー発音弾。それが発生する音響を不明水中目標に浴びせ、エコーをソノヴィで拾い上げ、概略位置をつかもうとしている。

概略位置が確認された後は、さらにその周辺に対して多数のソノヴィが投下され、正確な位置をつかむ行動が継続されることになる。対潜機が単体でミッションをこなしている場合、その後にピンガー・ヴィを投下することになる。小型のアクティヴ・ソナーのことだ。それによって目標位置を特定し――許されているならば、対潜魚雷、あるいは爆弾による攻撃開始となる。

〈うみたか〉は、パッシヴ・ソナーだけを使用しつつゆっくりと前進していた。

アクティヴ・ソナー——つまり、音響を自ら発する行動はまだ実施していない。現状ではP2V7に概略位置をつかませることのほうが重要だ。アクティヴ・ソナーを使用するのは、対潜哨戒機がそれをつかんだ後でよい。目標の概略位置がわかっている場合、アクティヴ・ソナーほど心強いものはない。自ら発する音響の反響を拾い上げるという性格上、探知距離はパッシヴ・ソナーより短くなるが、確実な探知が期待できる。

どうすべきなのだ。

倉田は低高度を力技というほかない荒々しさで旋回しつつ飛行するP2V7をみつめながらおもった。ここまではいい。いつものとおりだ。いや、発見するまではいつものとおり、そう表現すべきか。

で、発見した後はどうする。

アクティヴ音響《ピン》を浴びせつづける。それも可能だ。いや、問題はこちらの行動ではない。不明水中目標——ええい、ロシア人の潜水艦が逃げ出さない場合、こちらは何をすべきなのだ。たとえば、爆雷で威嚇攻撃し、どこか浅海面へと追いつめ、行動の自由を奪って強制浮上させ——拿捕《だほ》すべきなのか？

倉田はとるべき行動について地方隊総監部へと問い合わせていた。通常ならば、あやしげな潜水艦を領海外へ追い出し、その後も追尾をつづけて完全に追い払ってしまえばよい。だが、現状で——第三次世界大戦が始まりかけている現状で、そこまでやってよいものか？　それは、新たな、たいていは最後とも表現される戦争の第一弾となってしまうのではないか。

いまのところ、総監部は返信をよこしていなかった。海上幕僚監部へ問い合わせているのだろう。確かに、現状は地方隊総監、ましてや駆潜艇の艇長の決断で兵器を使用できる状況ではなかった。


コーズレフはあがきつづけていた。

彼は〈ヴェルチンスキー〉を変温層の下へ潜り込ませ、何とか日本人の追尾をかわそうとした。しかし、うまくゆかない。あるていどの速度を出すたびに発音弾の音響がどこからか響いてくる。

現状は第6項に該当する。いや、それ以外にあてはまるものはない、彼はそう判断し、準備を命じた。

「水雷戦用意。一番発射管は事前調定。二番発射管、音響ホーミング」

「ダー」

「攻撃をかけるのか？」

顔面をさらにひきつらせて政治将校がたずねた。第8項などというもっともおそるべき命令について口にしていながら、実際に戦闘の危険がちかづくと怖くなってきたらしい。

「すぐに、ではない」

コーズレフは脂汗の浮かんだ顔面に侮蔑の笑みを浮かべてこたえた。

「非常命令の実行は、限界まで控える」

「威嚇のみ許可、だと？」

総監部からつたえられた命令を受け取った倉田は呆れたようにつぶやいた。感情の動きを部下に気取られぬよう、左手を口もとにあてた。

誰もが困惑し、怖がっているのだ、彼はそうおもった。みな、第三次世界大戦の引き金を引くことをおそれている。不明水中目標はあきらかに日本の領海内に入り込んでいるから、威嚇することとそれじたいはかまわないのだが――恐怖が、その決定すらこれほど遅延させた。

それにしても、威嚇のみ許可とは。潜水艦がその威嚇にしたがわなかった場合、どうするのだ。

Ｐ２Ｖ７が拾い上げた潜水艦の行動パターンは、あきらかに通常のそれとはことなっていた。

おそらくそれは、弾道弾を搭載した潜水艦であるに違いない。そうでなければ、これほどしつこくこの海域に固執するはずがない。潜水艦の持っている発射データがこのあたりのものしかないことがその理由だろう。ほかの海域では、弾道弾にどんなデータを入力してよいのかわからないのだ。

ソヴィエトの潜水艦では、その種のデータを艦長の判断で修正する（現位置に合わせる）ことは厳禁されている、ときいたことがある。いやもちろん、正確な計算が面倒という理由もあるだろうが。

この潜水艦は、日本を狙うべく行動していたものに違いあるまい。それも——命中精度の低い潜水艦発射弾道弾の特性から考えて、都市攻撃任務だ。

許し難い。倉田は決断した。彼なりの軍人というものに対する意識が、その決断を指示した。だが、取りあえずは威嚇だ。もし潜水艦がそれを無視するようであれば。

P2V7から通信が入った。

「ウルフ01。パパ・ヴィクター25はこれよりピンガー投下、不明水中目標の位置を特定する」

「了解。威嚇攻撃許可はすでに発令。ウルフは位置特定後、それを実行する。パパ・ヴィクター25、これは正式な命令ではないんだが——」

「なんだ、ウルフ？」

「もし俺たちがやられたら、後のことは頼む。嫌な話だが、それが我々の仕事だとおもうのでね」

しばらく沈黙があった。つづいて、それまでのぶっきらぼうなそれとはまったくことなる声が響いた。

「了解しました、ウルフ01。幸運を祈ります。パパ・ヴィクター25、以上」

三〇秒ほど後、ピンガー・ヴィが投下され、それは不明水中目標を潜水艦であると確認した。倉田はアクティヴ・ソナーの使用を命じた。すぐに報告があった。

「ソナー探知。三四七度。ドップラー・シフト・ロウ。目標は潜水艦らしい」

ドップラー・シフトが低いということは、目標がこちらからはなれようとしている、そういうことだ。

倉田は真方位を確認した。奴はここをはなれて――何てことだ。日本領海へさらに入り込んでいるじゃないか。

「対潜戦闘。爆雷の威嚇だぞ」

倉田は命じた。威嚇というあいまいな行動は、航空機には向かない。速度がはやすぎるからだ。

「対潜指揮《UB》室操艦」

「UB了解。爆雷投射準備。三発。浅深度に調定」

水雷長から応答があった。艦を最適位置へ持ってゆくため、艦長ではなく彼が操艦指揮をおこなう命令だった。

倉田は隊内電話で〈おおたか〉に呼びかけた。

「ウルフ01より02。これより威嚇爆雷攻撃を実施する。貴艦は当方をバックアップせよ」

「了解。幸運を祈ります」

正直なところ、倉田と仲のよいわけではない〈おおたか〉艇長も、このときばかりは完璧な応答を返してきた。

〈うみたか〉はソナー・ディスプレイと海図をかわるがわるにのぞき込む水雷長の指示にしたがい、舳先を左にふった。


ソナー員が叫ぶように報告した。

「水上艦音響発振。こちらへ向かってくる！」

コーズレフは彼の方へ冷たい視線を向けた。

「ああ、申し訳ありません、同志艦長」

コーズレフは海図をにらみつけた。決断する。第6項だな。魚雷の調定はすでに完了しているから、いつでも攻撃できる。

「面舵一杯。二八五で定針」

「ダー、面舵一杯」

「一番、二番発射管注水」

「注水します」

　ソナー室からの報告が響いた。

「潜水艦は回頭中。本艦に反航しつつある――発射管注水音確認！」

「やる気か」

　倉田は低くうめいた。それならそれでよい。彼の口もとには奇妙な笑みが浮かんでいた。できることなら、先に発射してくれないだろうか、とおもったのだ。それならば、完全に自衛戦闘の名目が立つ。

「総監部へ報告」

　倉田は奇妙に張りのある声で命じた。

「不明潜水艦は発射管に注水。攻撃を受けた場合、ウルフ01は自衛戦闘を実施する、以上だ。復唱はいらん」

「了解」

「定針」

「注水確認」

　コーズレフはちらりと政治将校をみつめた。彼は両眼を閉じ、何かをつぶやいていた。

コーズレフの口もとに皮肉な笑みが浮かんだ。なんとまぁ、この男は神とキリストへの祈りをとなえているではないか。理想的な共産主義者とはこうあるべきなのか。

コーズレフは命じた。この行動がどのような事態をまねくにしろ、もう、後戻りはきかない。

「発射管前扉開放」

「ダー」

射撃統制装置に取りついていた水雷長が応じた。

「前扉、開放しました」

「敵艦、本艦の前方一二〇〇」

この報告はソナー員だ。

「よし」

朝日のような爽やかさをおぼえつつ、コーズレフは命じた。

「一番発射」

「一番、発射します」

前方から圧搾空気の轟音が響いた。

ソナー員が報告した。

「不明潜水艦は魚雷発射！　左舷前方より本艦に向かう」

「取舵一杯」

対潜指揮室に与えた指揮権を無視して倉田は命じた。

〈うみたか〉は傾斜した。間髪を入れずに回避命令を出してはみたものの、その判断が正しいものかどうか、倉田には自信がなかった。しかし、指揮官たるもの、拙速をもってよしとしなければならない。

彼は隊内電話を取り上げ、〈おおたか〉につたえた。

「ウルフ01は不明潜水艦の攻撃を受けた。これより自衛戦闘を開始する。全兵装使用自由」

「了解。貴艦につづく」

「総監部にいまの内容をつたえろ」

倉田はどなった。

「了解」

彼は電話を対潜哨戒機に切り替え、呼びかけた。

「パパ・ヴィクター25。始まっちまった。こっちがしくじったら、頼むぞ」

「了解」

日本艦は大きくコースをかえた。コーズレフの予想どおりの行動だった。これで、しばらくは攻撃ができなくなるはずだ。加えて、こちらにさらしている面積も増大している。

彼は命じた。

「二番発射」

「発射」

二番発射管から放たれた魚雷は、53ＶＡ魚雷の音響ホーミング型だった。

とはいっても、西側の潜水艦が採用しているような、ワイヤード・ホーミング——発射した艦のソナーからデータを受け取って敵艦へ接近、最終段階でのみ、自前のソナーを用いるという魚雷ではない。第二次大戦中にドイツ海軍の開発した音響追尾魚雷を改造したストレートなホーミングをおこなう魚雷だった。発射から命中まで、頭部に備えられた小型のソナーしか用いない。一定の海域で周回し、そのあいだに発見した目標めがけて突っ込むという能力もない。

コーズレフが最初に無誘導で魚雷を放った理由はそれだった。大して命中の期待できないそれによって、敵艦（すでに彼はそう認識していた）に回避行動を強い、ソナーに対する反射面積を増大させるために発射していた。

「潜水艦は新たな魚雷を発射」

「畜生」

倉田は短く毒づくと、瞬きするあいだだけ思考をめぐらせる贅沢を味わった。慎重な、手順をふんだ攻撃などしてはいられない。

「UB」

倉田は水雷長につたえた。

「これより伏在海面に全速で突っ込む。やれるか？」

「奴が本艦の右舷側、二〇〇メートル付近にいるようにしてください」

「いってくれるな。了解した」

倉田は電話を握ったまま命じた。

「面舵一杯、真方位一七六で定針」

「面舵一杯」

操舵員の復唱があり、艇が傾斜した。小さなフネだけあって、こういう場合の反応はきわめてはやい。

「アクティヴ確認。本艦に接近中」

「ロックされたか？」

「まだです」

「一七六、定針しました」

「前進一杯」

倉田は滅多に発せられることのない命令を発した。機関に最大出力を短時間で発生させ、とにかくパワーを得ることを指示している。当然、機関が壊れる可能性もあるため、よほどの場合でない限り、発することを禁じられている。帝国海軍では、特別な許可を得ていない限り、艦長であっても前進一杯の発令はできないたてまえになっていた。

だが、現状は機関破壊の危険を看過すべき状況だった。二本の魚雷が（うち一本はまず命中しそうもないにしろ）迫りつつあるのだ。

足もとから轟音と震動がつたわってきた。

〈うみたか〉は強引に海面をダッシュした。とうぜん、それまで得ていた音響データは無意味になっている。相対位置は変化しつづけているのに、〈うみたか〉は自分の航走雑音でまともな音が拾えなくなっているからだ。

むかしならば、これから先は推測だけで行動し、攻撃をおこなわねばならなかった。しかし、〈うみたか〉の上空には、自前のソノヴィとピンガー・ヴィで潜水艦を捕捉しつづけているP2V7が、濃紺の機体をきらめかせながら飛行している。〈うみたか〉の発生する音でいくらか邪魔されているだろうが、それでも潜水艦は見失っていないはずだった。

「ウルフ01よりパパ・ヴィクター25。こっちは耳がきこえない。誘導頼む」

「了解――艦位、貴艦の左舷一〇度方向。距離一三〇〇」

「貴官の助力に感謝する。UB、きいたか?」

「UB了解。そのまま行ってください」

「了解。UB操艦。ヘッジホッグ攻撃始め」

〈うみたか〉は、青さよりも黒さを印象づけられる海面を白く切り分けるようにして疾走した。対潜指揮室から水雷長の声がつたえられる。

「敵魚雷は本艦を追尾せず」

「○一五度、ヨーソロー」

「○一三度、ヨーソロー。ヘッジホッグ攻撃始め」

「ウルフ02、回避運動。追尾された模様」

前甲板のヘッジホッグが、砲台ごと旋回した。

これは第二次世界大戦中に英海軍が開発した対潜兵器で、それまでの対潜兵器、つまり爆雷の欠点をおぎなうために実用化された。爆雷は、舷側へ放つにしろ艦尾から落とすにしろ艦が敵潜水艦の潜む位置の真上に乗り込まねばならなかった。

これに対し、酒瓶の収納ケースのような仕切りをもうけたランチャーに二四発の小型対潜爆弾をおさめたヘッジホッグは、発射薬によって加速されることで、艦の前方へ攻撃を加えることができた。投射距離は最大で二八○メートルていどでしかないが、艦のすぐそばへ落とさねばならなかった爆雷にくらべ、大きな進歩であることにまちがいはなかった。

その効果も爆雷より高い。ヘッジホッグの方位、仰角と発射間隔（二発単位で発射される）を、攻撃指揮装置がつたえる針路と発射時期に合わせて放てば、二四発の対潜爆弾は四二・五メートル×三六・五メートルの広がりをもって海面に弾着、潜水艦を包み込むようにして沈降する。

確率的にいえば、そのうち一発が潜水艦を直撃する（ヘッジホッグの爆弾は直撃でのみ爆発する）可能性は決して低いものではない。爆弾の炸薬量は一三・六キロ。大威力ではないが、海中に潜み、水圧を受けている潜水艦には致命的な損害を加えられるはずだった。倉田はその点に疑問を持っていなかった。大戦後半、帝国海軍の潜水艦を次々と撃沈したのは、このヘッジホッグだったからだ。

報告があった。

「発射時期ちかづく！」

「ウルフ02、なおも回避運動中。捕捉された模様」

「ヨーソロー、打《テ》ェッ！」

前甲板で白煙と連続した音響が発生した。少し距離があいているため、艦橋では轟音というほどではない。ランチャーから放たれた対潜爆弾は次々に空中へ飛び出した。

「海面付近に連続した音響が発生！」

ソナー員が報告した。

「命中確認はまだか」

コーズレフはたずねた。内心に、あまりに攻撃的に行動しすぎたか、という後悔があった。俺は、自分がどんな任務を与えられた潜水艦を指揮しているのか、しばらくのあいだ忘れていたのかもしれないな。

「追尾継続中」

しかたない。コーズレフは戦果確認をあきらめた。各部署に命じる。

「電池群直列、全速前進。潜横舵下げ。総員、衝撃に備えよ」

「貴様の責任だぞ!」

政治将校がわめいた。

「俺のいったとおり、第8項にしたがうべきだったのだ!」

自制心を完全に失った男に冷たい視線を向けたコーズレフは、右手で拳をつくると、その唾棄すべき生物を殴り倒した。

〈ヴェルチンスキー〉は貴重な電池から盛大に電力を取り出し、艦首を下げつつダッシュした。彼女の水中最大速力は一四ノット。だが、現在五ノットていどしか出していない彼女がそこまで加速するには幾らかの時間が必要だった。

「取舵一杯！」

対潜指揮室から水雷長が指示した。

倉田はヘッジホッグが投射された海面付近をみつめた。そこに発生した弾着の水柱はおさまりつつあった。

命中するかな、と倉田はおもった。大戦中の合衆国海軍の戦果を分析した結果、電池推進潜水艦に対するヘッジホッグの命中率は一〇パーセントに達している。現在は、探知手段や攻撃指揮装置がさらに改善されているから、それより高い値を示してもおかしくない。いや、これは潜水艦の性能向上を考えない場合のことか。

そうかな？

あれこれと努力している割に、ロシア人は潜水艦をつくるのがうまくない。先進的な技術を採用していない、というわけではない。それどころか、その点については世界の海軍の中でもっとも熱心だろう。問題は、その熱意が、他の部分とすり合わされていないことだ。工作技術や、他の部分で採用されているものと、先進的な技術がまったく釣り合っていない場合が多い。このため、ロシア人のつくる潜水艦には妙なところがある。速度ははやいが、まるで楽隊が行進しているような雑音を立てたり、射程距離は長いが、射撃統制装置はそんな距離での目標指示ができなかったり——まぁ、そんな具合だ。反応炉を積んで高速力を達成したはいいが、二次冷却水を外部から直接取り込み、吐き出すという滅茶苦茶なシステムを採用したため、周囲をつねに放射線で汚染している潜水艦もある。

「じかーん！」

対潜指揮室から報告があった。予定どおりであれば、命中が発生する時刻だ、そういう意味のものだ。

倉田は海面を注視した。何もおこらない。

駄目か。

その数秒後、海面にさほど大きくない水柱が発生した。ほぼ時を同じくして、〈うみたか〉の後方でも爆発音と水柱が発生する。〈うみたか〉の回避したホーミング魚雷を回避しきれなかった〈おおたか〉が被雷したのだった。

「くそったれめ」

倉田はうめいた。いいだろう、戦争というわけだな。

〈うみたか〉から放たれた対潜爆弾のうち一発だけが、〈ヴェルチンスキー〉を直撃した。命中部分は、艦の後部――ちょうど、発令所の後ろにもうけられた後部兵員区画の左舷中央部付近だった。

ソナー員が耳をまもるためにレシーバーをはずした。その直後に衝撃が発生、轟音が響き、衝撃が指揮所をゆさぶった。照明が何度かまたたき、消えた。

床に殴り倒されていた政治将校はその上を転がった。

コーズレフは海図盤につかまって衝撃にたえた。

「被害確認！　非常灯つけろ」

コーズレフは命じた。後方から悲鳴と轟音——水の流れ込む音がきこえる。彼は海図盤に備えつけられていた電池式の電灯をつけた。

「後部兵員室浸水！」

海水で塗《まみ》れた顔を突き出した兵曹長が暗闇の中に浮かび上がり、報告した。彼の唇が紫色になっているのは、水温が低いためばかりではなかった。

「直ちに退避。各部隔壁扉閉鎖」

「ダー」

コーズレフの命令から数秒のうちに発令所にも何名かの水兵が飛び込んだ。それを確認した兵曹長が隔壁を閉じる。そのあいだにも、〈ヴェルチンスキー〉は右舷へ傾きはじめていた。

「機関停止。潜横舵上げ。前部バラスト・タンク、排水」

コーズレフは小さな電灯の照明だけが照らし出す世界に向けて命じた。

「ダー」

わずかに姿勢が回復した。奇跡的に釣り合いが取れたらしかった。

コーズレフはたずねた。

「深度は？」

「現在、九七メートル。徐々に増大中」

このままでは駄目だ。彼は艦の現状をそう判断した。このまま水中で頑張っていたら、乗員すべて、共産主義者の楽園に向けて突撃することになってしまう。

「浮上する」

彼は命じた。

「主タンク排水」

「ダー」

両舷から、タンクの中に圧搾空気が吹き込まれる轟音が響いた。まるで、魔女の歌声のようだな、とコーズレフは思う。

「深度上昇。現在九三メートル。なおも上昇中」

「先任」

コーズレフは、彼が政治将校といい合っているあいだ、賢明にも沈黙をまもっていた先任士官にたずねた。

「海面に出た後で、本艦はどれほど浮いていられるとおもう？」

「せいぜい一〇分、というところでしょう」

コーズレフは電灯の放つ光輝をほんの数秒、みつめた。決断する。浮上までの時間と合わせれば、二〇分あることになる。最初は、三基の弾道弾を圧搾空気だけで発射し、艦を軽くすることも考えた。しかし、いざとなれば義務感のほうが先に立った。

「非常命令第8項にしたがう。燃料注入開始」

「ダー」

弾道弾発射士官の役目も与えられている先任士官はうなずき、何名かを連れて司令塔につながるラッタルをのぼっていった。弾道弾関係の設備はそこに集中しているのだった。

ようやくのことで赤色非常灯が点灯した。

何もかもが赤く照らされた世界をコーズレフはみまわした。少なくとも、非常灯にはひとつだけ評価すべき点がある、とおもう。恐怖を感じた際に、人間の顔面からもっとも不足する色素を視覚的に補うからだった。

「こちらは艦長だ」

彼は海図盤の脇に備えつけられていたマイクをつかみ、全艦へ――少なくとも、その海水で埋まっていない部分へ通達した。

「本艦は知ってのとおりの状況となった。諸君は士官の指示にしたがい、脱出準備に備えよ。艦長は非常命令第8項実施のため、最後まで艦にとどまる。これまでの諸君の任務精励に感謝する。以上だ」

マイクをフックにかけた彼は、政治将校のかたわらに歩み寄り、優しいといってもよい声で話しかけた。

「さぁ、同志。我々は任務を遂行せねばならない」

政治将校は判断力を失った表情で大きく何度もうなずき、コーズレフに助けられて立ち上がった。わずかな異臭がコーズレフの鼻孔を刺激した。失禁したらしい。

「頼むから、これ以上本艦の浸水量を増やさないでくれたまえ」

コーズレフはほほえみながらいった。彼と政治将校は弾道弾用の射撃指揮装置にちかづき、自分の首に細い鎖でかけられていた鍵を取り出した。射撃指揮装置の上に取りつけられた二つの金庫に、それぞれ自分の鍵を差し込む。

金庫が開き、中から二つの封筒が出てきた。一方はかなり小さい。

コーズレフは、まず小さな封筒を破り、中身を取り出した。そこに入っていたのは、射撃指揮装置用の新たな鍵だった。やはり、細い鎖がつけられている。発射の際、艦長と政治将校は、自分に与えられた発射用の鍵を、それぞれの鍵穴へ差し込むことになっていた。鍵穴は、幅二メートル以上ある指揮装置の両端にもうけられている。一人では発射できないようにするための措置だった。

コーズレフは新たな鍵の鎖を手首に巻きつけた。政治将校も同じ動作をおこなっている ことを赤い照明のもとで確認し、もうひとつの封筒をあけた。そこには指揮装置を起動させる暗号が記されていた。これもまた打ち込み用のキーボードがはなれた場所に二つもうけられており、一人では入力できない。入力が終われば、それにしたがって指揮装置は始動、弾道弾の誘導装置を作動させ、そこへデータを流し込む。反応弾頭の信管も作動可能な状態となる。

コーズレフと政治将校は暗号数字を読み合わせつつ、打ち込んでいった。指揮装置の始動には五分しかかからなかった。最終ページに指揮官を得心させるために示されていた目標は東京及び横須賀だった。

〈ヴェルチンスキー〉のSS―N―5弾道弾三基は、皇居、府中の航空自衛隊／合衆国第五空軍防空指揮所、横須賀軍港施設に向けてそれぞれ八〇〇キロトンの反応弾頭を放り込むことになっていた。爆発方式は皇居のみ空中爆発、他の二つはいずれも施設破壊を重視した地上爆発だった。もしすべてが完璧に推移するならば、日本最大の政治・経済的中心地は死滅することになるだろう。

同じころ、弾道弾の発射塔が三本縦に並んだ弾庫に入った先任士官は、水兵たちにせわしなく指示を出しつつ弾道弾へ燃料を充填していた。蒸発の度合いと危険度に合わせ、注入はケロシンのほうが先におこなわれていた。おもったよりも手間がかかるな、先任士官は作業をみつめつつ焦った。艦が浮上し、再び沈むまであまり時間が残されていないというのに、この百姓あがりの水兵どもは機敏に動かない。

先任士官は時計をみた。艦はあと五分ほどで水面に出てしまうはずだった。

「急げ」

彼は部下に気合いを入れた。

「艦と一緒に、海の底へゆきたくなければ」

水兵たちの動きはあわただしくなった。図体は大きいが、知性の感じられない顔つきをした水兵が液体酸素注入用ホースに断熱処理の施された長手袋をはめた手を伸ばした。彼は、先任士官の急げという命令を、すべての作業をおこなえという意味に受け取っていた。

先任士官が、その水兵のおこなっている作業に気づいたのは、水兵が液体酸素弁のバルブをゆるめ、注入を開始した後のことだった。

先任士官は啞然とした声でいった。

「貴様、何をしている」

「急いでおります」

水兵はもっそりした声でこたえた。

「馬鹿者！　これから浮上の衝撃があるというのに。液体酸素注入は浮上後だ！　はずせ」

「ダー」

水兵は先任士官の言葉にしたがった。彼は命令どおり、バルブを閉じるより先にホースを注入口からはずした。

液体酸素が弾庫に噴き出した。それを避けるため、先任士官は後ろへとびのいた。彼の身体は隔壁に激突した。腕時計が隔壁とぶつかり、擦れた。ソヴィエト製工業製品にふさわしく、隔壁の表面仕上げはいい加減で、日本的に表現するならば、鮫肌のようになっていた。

火花が発生し、それはホースから噴き出す液体酸素に化学反応を発生させた。

〈おおたか〉は致命的な損害を受けていた。すでに艇体は大きく傾いている。艇長は総員退艦を命じていた。

〈おおたか〉の被雷によって彼の「自衛行動」は完全に正当性を確保していたが、そのことによる安堵を感じる暇はなかった。倉田は戦果確認を途中で放り出し、〈おおたか〉の救援に向かわねばならなかった。すでに地方総監部にはことの次第について報告を送ってある。総監部は彼の行動を了解し（賞賛したわけではない）、重傷者輸送用のヘリコプターを派遣すると約束した。

先ほどまで行動していた海面が盛り上がり、巨大な水柱を発生させたのは〈おおたか〉乗員すべて（行方不明者三名をのぞく）を無理矢理飛び移らせた後だった。倉田は危険を承知で〈うみたか〉を〈おおたか〉にすりよらせていたのだった。

「左舷海面に水柱！　水中爆発らしい」

「全速前進！　面舵一杯」

倉田は叫ぶようにして命じた。〈うみたか〉は機関音を響かせ、〈おおたか〉からはなれた。

倉田はなおも成長しつつある水柱に視線をはしらせ、命じた。水中衝撃波というのはひどくやっかいなものであるからだ。〈うみたか〉は舳先を左にふり、衝撃波を真正面から受けようとしていた。

「衝撃に備えよ」

倉田はわずかに視界のすみに入った〈おおたか〉の傾斜した姿に注意を向けた。衝撃波にたえられそうもないことはあきらかだった。先ほどよりさらに傾斜した甲板には誰も残っていない。艦尾に旭日旗が掲げられたままであるのがわかった。うん、倉田は奇妙な満足感をおぼえた。たとえ規則がどうであれ、軍艦は旗を掲げられたまま沈むべきではある。

衝撃波は〈うみたか〉に大した被害をもたらさなかった。あちこちで固定されていなかったものが倒れたり割れたりしたていどだった。しかし、〈おおたか〉はこれで沈んだ。

Ｐ２Ｖ７から報告が入った。

「パパ・ヴィクター25よりウルフ01。潜水艦の撃沈を確認。圧壊――というより、爆発したようだ」

「反応兵器か？」

倉田はおもわずたずね返した。口に出した後、自分が莫迦なことをいったことに気づく。

「いや、そんなわけはないな。こんなものですむはずがない。おそらく、弾道弾用燃料か何かが爆発したんだろうな」

「かとおもわれます、ウルフ01」

P2V7が落ち着いた声で応じた。

「ありがとう、パパ・ヴィクター25。君たちのおかげでずいぶん楽だった。我々は浮遊物の回収をした後に帰投する。母港へ遊びにきてくれたら、いつでも歓迎するよ。ウルフ01、以上」

「我々はしばらくこの付近で哨戒にあたります。何かあったら呼んでください。ウルフ01、あなたと知り合えて光栄でした。確認撃沈戦果、おめでとうございます。さよなら。パパ・ヴィクター25、以上」

〈うみたか〉による〈ヴェルチンスキー〉撃沈は、日本人たちがおそれていたほどの問題とはならなかった。ソヴィエト太平洋艦隊は短距離専用回線でおこなわれた日本側の通信を傍受できなかったし、〈ヴェルチンスキー〉は潜水艦に共通する沈黙の掟にしたがい、自分がおちいっている状況について報告を送っていなかった（定時連絡まで、まだ幾らか時間があった）。

海上自衛隊、防衛庁、そして報告を受けた日本政府は恐怖とともにソヴィエト側の行動をみつめたが、赤い大国は何の反応も示さなかった。それに、彼らが抱いていた恐怖は、日本時間午後七時ちょうど、まったく意味のないものになってしまった。

このとき、朝を迎えたカリヴ海では、ケネディの命令にもとづいて合衆国軍がエクスレイ作戦を開始していた。それを察知したキューバ派遣ソヴィエト軍事顧問団は、モスクワからの命令にしたがい、すでに発射準備を完成していた三基のIRBMと六基のMRBMを、合衆国に向けて発射していた。むろん、そのすべてが反応弾頭を備えている。このうちMRBM三基とIRBM一基がエンジンの異常と誘導装置の不調で空中で爆発、あるいは墜落したが、他の合計五基は合衆国本土へ向けて飛行を継続した。

ハバナの郊外に設けられた軍事顧問団司令部は、合衆国軍機の爆撃を受けて破壊される二分前に、モスクワへ弾道弾の発射を報告していた。

合衆国軍の予測どおり、キューバの軍事力は爆撃開始と同時にその攻撃力を喪失した。まったくもって圧倒的な戦力差がもたらした必然だった。

だが、同じころ、彼らの本国では空襲警報が鳴り響き、すべての公共放送は緊急放送へと切り替えられていた。また、八〇〇〇キロ彼方の凍った大地では、モスクワからの命令を受けた一二〇発以上のR7ICBMが続々と発射されつつあった。

大洋でも同様の状況が展開されていた。危険な燃料充塡作業に成功した二一隻の弾道弾搭載潜水艦が、合衆国の大都市に向けて次々とSS―N―5を発射していた。

欧州全域でも同様の状況が発生していた。西欧に存在するすべての軍事施設に向けて東欧からMRBMとIRBMが発射されていた。加えて、ソヴィエト空軍機の展開する各航空基地から一斉に航空機が発進を開始したことが探知された。

日本も同様の事態にみまわれていた。樺太とソヴィエト本土から発進したソヴィエト空軍機が全速で日本へ飛来しつつある模様をレーダーサイトが探知していた。

〈ヴェルチンスキー〉撃沈で国内の合衆国軍を上まわる臨戦態勢に入っていた自衛隊は、政府からの命令を受ける前に、この危機に対して自動的な反応を示した。

北海道千歳の最新鋭機F104を装備する第二航空団に迎撃が命じられ、これに各地のF86Fを装備した航空団が段階的に加入していった。本土が混乱している合衆国軍は、事前に受けていた命令の許す限りこれに協力したが、防空戦を主導することはできなかった。

第三次世界大戦において、自衛隊は合衆国軍の指揮を受けるものと信じられてきた。しかし、その現実は戦前の予想と異なっているようだった。

合衆国は事態をコントロールする能力を失っていた。エスカレーションなどという概念は、どこにも存在しなかった。日本の防衛関係者たちが不思議におもったのは、ソヴィエトによる日本を目標とした弾道弾の発射がいつまでたってもおこなわれないことだった。

彼らは、国土の中枢を破壊する予定だった敵潜水艦を先制攻撃で撃沈してしまったことに、この段階では気づいていなかった。

4

「旅立ち、旅立ち。市民のみなさん、これは政府による緊急事態放送であります。おって政府から指示があるまで、外出せず、どうかこのチャンネルに合わせたまま待機してください。繰り返します。旅立ち、旅立ち。市民のみなさん。これは政府による緊急放送で……」

「うるさいな、消してくれ」

誰かが叫んだ。合衆国大統領だった。ここはホワイトハウス地下の戦略指揮センター。ケネディとそのスタッフは、昨夜来、この地下施設にこもって状況の推移をみまもっていた。世界状況を示すリア・プロジェクション式のスクリーンと、それを眺められるように映画館の座席のように配置されたコンソールや要人たちの座席。「劇場」という通称がつけられているのも納得できる。ただし、この劇場は、世界の半分を滅ぼす力を握っている点が他のそれと異なっている。

「大統領閣下、五分以内にすべてを決定してください」

テーラー統合参謀本部議長がつめよった。

「そうしなければ、何もかも間に合わなくなります」

大統領はたずねた。

「ＩＣＢＭ来襲には、一五分の予告時間があるのではなかったか？」

「それはあくまでもＩＣＢＭの場合です」

テーラーはひきつった声でいった。

「まさかロシア人がＳＬＢＭまで一斉に発射するとはおもわなかった——あと四分です」

「彼らは我々のエスカレーションにつき合うのではなかったのかね？」

「現実は異なっています。そうです。我々が——ええ、私がまちがっていたのです。アイゼンハウアー政権の、大量報復戦略が正解だった。連中、何もかも一斉に発射したに違いない。あと三分一三秒しかありません」

「ソヴィエト交渉はできないのか？」

「いまさら何を？　たとえ無条件降伏の交渉であっても、間に合いはしません。ただちに報復攻撃の命令を出してください。少なくとも、ＩＣＢＭは全弾発射してしまうべきです」

テーラーは大統領を追いつめるかのように長広舌をふるった。

「戦略爆撃機部隊にはすでに自分の権限で空中待機命令を出しました。しかし——それでも、生き残る戦力は一〇パーセントに満たないでしょう。報復攻撃命令を！」

「しかし、合衆国のどこにもまだ――」

通信機のコンソールについていた下士官が報告した。

「ホームステッド空軍基地からの通信が途絶しました――ああ、何てことだ」

「正確に報告しろ！」

テーラーが叫んだ。

「マクディル空軍基地からの報告です。キーウエストの方向に閃光を確認――」

「どうした」

「マクディルからの通信も途絶しました」

「大統領閣下！」

ケネディは大きく首をふり、手を震わせつつ〝合衆国大統領〟とプレートがつけられた自分のコンソール、その上に置かれた受話器に手を伸ばした。傍らに控えていた海軍士官が自分の腕と鎖でつながれているアタッシュケースを持ってちかづき、ロックを解除した。中から何の変哲もない茶封筒を取り出し（ただし、その表面にはハクトウワシの記章がスタンプされていた）、ケネディの前に置く。

「中佐、君があけてくれ」

受話器を握ったケネディはいった。

「いいえ」

中佐は首をふった。

「閣下が自らあけ、確認する規則になっています」

「あと五八秒です」

テーラーが殺意すらこもった声でつたえた。

ケネディは震えがさらに大きくなった手で、封筒をあけた。不必要に力のこもった動きでそれをふる。中から、一枚のカードが出てきた。ビニールでパックされている。彼はそれを指を何度か屈伸させた後に取り上げた。まるで、伝染病患者の患部へあてていたガーゼを扱う素人のようだった。魚雷艇指揮官としての勇気も、国家の破滅がそこまで迫った段階では役に立っていない。

彼はカードの表面に記された表記を読んだ。

「二五秒！　はやく！」

テーラーが殺意のこもった声でうめくようにいった。

ケネディは受話器を顔にあてた。それは、かつて悪戯をこころみたことのある回線につながっていた。彼はカードに記された内容を読み上げた。

「こちらは合衆国大統領だ。命令を伝える。国家戦略指令。タンゴ・タンゴ・チャーリー・2―4―8―6フォックストロット。以上だ」

「復唱。国家戦略指令、タンゴ・タンゴ・チャーリー・2—4—8—6フォックストロット。以上」

回線は、かつての復讐をするかのように、冷酷な響きとともに切れた。

「これで満足か、テーラー？」

ケネディは乾いた笑みとともにたずねた。

「いえ」

「なんだと？」

「五秒遅かった」

テーラーは劇場でいえばスクリーンのかけられる位置に置かれた巨大なディスプレイを示した。

「ご覧なさい」

合衆国近海から発生した幾つもの矢印が、大都市へと向かいつつあった。矢印の中には途中で消失するものも少なくなかったが、それでもなお、少なからぬ数が何千万もの国民が生活を送る大都市へと突き進んでいた。さらに遠方から、新たな矢印が続々と出現しはじめた。

「大統領の指令からＩＣＢＭの発射まで、少なくとも二分は必要とします。全弾発射にはさらに五分。戦略爆撃機についてはもうご説明しましたな？　発射されたＩＣＢＭすべてが完全に機能したとしても、我々はソヴィエトを完全に叩ききることはできません。まぁ、あなたの手もとに残される九隻の弾道弾搭載型の反応推進潜水艦と、五〇機ていどの爆撃機で第二撃をかけることは可能ですが——それだけです。それも、我々が生き残っていれば、という条件つきで、ですが」

テーラーの口調はなげやりだった。彼はディスプレイをみつめ、傍観者的な声でいった。

「ほぅ、ロシア人は大陸中国も攻撃していますな。うまい手だ。どのみち連中は北京と仲違いしていた。ならば、国の半分が吹き飛ばされる前に痛めつけておこうというのでしょう」

「どれだけ損害が出るのだ？」

ケネディはテーラーにたずねた。

「最大で一億五千万は死亡します。直接的な被害は一億ていどでおさまるかもしれませんが、被爆によって社会システムが崩壊しますし、放射線の影響も出ます。我々は一九四五年のドイツや日本以下の国家へと転落します。あるいは、国それじたいが崩壊してしまうかもしれません」

「神よ、許したまえ」

大統領はうめいた。

「いいえ、無理でしょう」

テーラーが快活さすら感じさせる声で否定した。

「地獄に堕ちるというのか？」

「いいえ」

「ならば、どうだというのだ？」

「神はあなたとフルシチョフに、サタンの代わりに地獄をおまかせするに違いありません。さしずめ自分などは、ベルゼブブといった役まわりでしょうか」

マクスウェル・テーラー大将は大声で笑い出しはじめた。まさに蝿の王《ベルゼブブ》にふさわしい、この世ならぬ場所から響いてくる笑い声だった。

解説　残された広大な行間

田中成之
（毎日新聞社政治部副部長）

本書はこんな情景描写で始まる。

「雲は低くたれこめ、空からは、花が散らされてしまうのではないかとおもわれるほどの水素と酸素の化合物が無数に落下していた。昨日まではこの世のあらゆるものをほほえませていた気温も下がり気味で、まことに類型的ではあるが、葬儀の場を訪れた人々に、人の死に似合った情景というものは存在するのだという感想を抱かせた」

二〇一七年三月二六日の東京。五二歳で急逝した佐藤大輔さんが茶毘に付された日は、「花が散らされ」るほどではなかったが、雨がしとしとと降り続いていた。かつて自分で描いたシーンと似た天気の日に、自身が送り出される。佐藤さんがそれを想像したことはあったかもしれない。しかしその作品の文庫本が、三月二二日という自身の命日に合わせて復刊されるのは、さすがに想定していなかっただろう。

密葬の後、参列者数人で飲みながら話したのが、「佐藤さんの本を、あと『一冊だけ』読めるとしたら、どのシリーズの続刊を読みたいか」だった。多くの未完シリーズを残した佐藤さんの作品の中で、筆者が推したのがこの『遙かなる星』シリーズだ。「次の展開を一番予想できない」のが理由だ。実は、冒頭に葬送されている人物が誰なのかさえ、明確には分からないほどだ。

代表作『レッドサンブラッククロス』などのシリーズはいずれも、その世界の行き着く先が冒頭である程度示されている。既刊の末尾や、短篇などで示された情報を組み合わせると、続刊の内容をある程度類推できる。しかし一九九五年から九六年にかけてトクマ・ノベルズから刊行され、三巻で未完となったこの『遙かなる星』は、そんな予想がまったくできない。唯一の手がかりは、一九九八年七月のものとされる『ＳＦオンライン』に寄せられた佐藤さんの随想だ。「四巻では軌道基地ＪＳＳ—01の実働と統合（航宙）自衛隊の創隊に地球近傍物体問題を絡める予定である」と記されている。筆者にはおぼろげな想像しかできない。

本書は宇宙開発の描写がメインだが、史実とは若干異なる歴史の中で奮闘する日本人を描く点で、佐藤さんが書いてきた仮想戦記の系譜に属するものであるのは間違いない。

歴史改変の起点はキューバ危機だ。ケネディ政権の穏健派だった大統領特別顧問シオドア・ソレンセンが、潰瘍を悪化させて休養する。史実でフルシチョフへの書簡作成を担った人物が不在となった結果、ケネディ政権はキューバへの武力行使に踏み切る。ソ連は大陸間弾道弾の一斉発射で対応。米国は国土の主要部分が破壊しつくされて連邦政府が崩壊する。本土が無傷だった日本は第二次世界大戦の敗戦からわずか十七年で、第三次大戦後の世界の面倒を押し付けられる。日本政府内に設置された「有識者会議」は、「来るべき第四次大戦がもたらす『核の冬』で日本人が滅亡しないように、宇宙に避難先を作る」という対応を政府に求める。その世界での日本の苦闘が本書のメインテーマだ。

佐藤さんが価値観を育んだ二〇世紀後半は、米英主導の世界秩序が最盛期を迎えていた。米英の代替として世界秩序を主導する（させられる）日本を描く作品群の中で、『遥かなる星』は「日本人が宇宙開発の先頭に立つ世界」を描くためのものだったと言える。

佐藤さんが急逝する前の数年間、筆者は佐藤さんと交流を持っていた。記憶に残る言葉の一つが米国の評価だ。「いろいろ（知人・友人と）話す中で一致したのが、アメリカってチートなんだよな、ってこと」。チートは日本語の「ズル」「不正」「浮気」といった単語に対応するが、ここでのチートはコンピューターゲーム用語だ。設定操作や不正により、あらかじめ強さを保障された状態でゲームに臨む行為を指す。多少予想外の出来事があってもゲームをクリアできる。真珠湾奇襲という打撃を受けても最終的には圧勝できるような国力のことを、佐藤さんは「チート」と表現した。この時、佐藤さんは「あめりか」と発音していたと筆者は記憶している。

映画監督の押井守氏との対談（ムック『押井守』）の中では、こうも語っていた。「僕はどんなもの書いても全部日本人にして、日本的な理屈をわざと入れてきたってことがあります。地球連邦が存在してる世界でも、日本人は日本人だよっていうのを出した方が面白いじゃないかと」。

「日本人が活躍する世界」の構築の障害となるのが、米国の国力だ。佐藤さんの作品では、日本が自由貿易を基盤とする英国的な海洋国家に至る歴史改変をすると同時に、米国を弱める要素も導入してきた。『レッドサンブラッククロス』では、ナチスドイツの奇襲で米国東部が席巻されて東西に分割される。『侵攻作戦パシフィック・ストーム』は南部連合が敗れずに独立を保ち、南北分割の状態で物語が始まる。『信長』シリーズの世界にいたっては、鎖国しなかった日本人が北米大陸に日系国家「大和民国」を樹立し、そもそも米国が存在しない未来が示される。

地中海の覇権をカルタゴと競った共和制ローマの政治家・大カトーは、元老院での演説に際して論旨と関係なく必ずこう締めくくったことで知られる。「ともあれ、カルタゴは滅ぼされるべきである」。ツイッターで佐藤さん絡みのネタが「大サトー」のタグ付きで投稿されるのは、こうした佐藤作品の設定が背景にあるのだろう。「ともあれ、合衆国は分割されるべきである」。

しかし佐藤さん自身、その不謹慎さは自覚していた。押井氏との対談ではこう語る。「僕が書いた架空戦記ってのは日本が勝つために、ひどいことばかりしています。一応、バランスを取っているつもりで、かっこいい日本人が世界に死と破壊をまきちらす」。

本書の日本政府による宇宙開発は、月面着陸より地球軌道上で人類が生活可能な環境の構築を優先する。「いかにして日常生活を維持しつつ第四次大戦後の世界へと生き残るか、それだけが目的だった。（中略）それを実現するために、日本人いがいの全人類が絶滅してしまってもかまわない」（本シリーズ二巻）といった意識に基づくものだ。

そのために必要なことは、大重量物の軌道投入能力の拡大と、再利用可能な機体によるコスト削減だ。作中の人物はこう語る。「考えてもみろ。一〇〇トン、一〇〇〇トン、いやいや一〇〇〇〇トンの貨物を、まぁ、仕方ないか、と思える値段でいちどきに軌道へはこびあげる手段が開発された世界のことを。なんでもできるじゃないか！」（同）。ストーリーの中では、液体燃料と固体燃料の違いなどの宇宙開発に伴う技術の詳細が解説される。難解な話を「分かった気にさせる」文章術は、この作品でも発揮されている。

そして、自分の論理と信義を明確に認識しつつ苦闘する男たちも登場する。「違えるわけにはいかぬ約束」をしたことで宇宙開発に邁進する企業経営者。外国SFを読みあさっていた帝国陸軍軍人は、武官として赴いた戦時下のドイツでフォン・ブラウンと会い、「あなたは私の友人であるらしい」と語りかけられる。佐藤作品でおなじみの、大空と宇宙に狂う「太った男」もいる。

決意が不明確なまま動き始めた組織と、若き日の夢想や自身が立てた誓いに重きを置く個人を対置する構図。強固な現実の前に、不撓不屈の熱意を持った個人がどれほどのことをなし得るか。その景色を示そうとする作風も貫かれている。


さて現実の世界では今年(二〇一八年)二月に、実業家イーロン・マスクが創業した宇宙開発企業「スペースX」が、超大型重量物打ち上げ機(super heavy lifter)「ファルコンヘビー」打ち上げに成功した。地球周回軌道に六三トンの重量を送り込むロケットの打ち上げ映像は、昨今のロケットを数段上回る轟音と振動を見るものに感じさせた。

本体から切り離された二機のサイドブースターの着陸も成功した。宇宙進出に必須の「再利用可能な機体」が、ほぼ同時に着陸する映像は、失敗の繰り返しの末に具象化した光景だ。多くの人に「決して薄れることのない衝撃と感動、そして未来と呼ぶべき何かへの期待を抱かせた」(本書一九一ページ)に違いない。米国政府による宇宙開発の一進一退が続く中、熱意を持つ企業経営者が「人類の火星への移住」という構想に驀進する姿は、どこか本書の設定と似ていなくもない。

ただ、本書の世界は大変なディストピアでもある。放射線障害と核の冬への恐怖に加え、なお強大なソ連の脅威に怯え続ける暮らしを送りたい人はあまりいないだろう。さらにこの世界の娯楽分野は、米欧の主要部分が消失したことで、かなり味気ない状態になっているのではないだろうか。

英国でビートルズがデビュー作「Love Me Do」を発表したのは一九六二年一〇月五日。本書末尾の惨劇はその十七日後だ。核攻撃からあの四人が生き残ったとしても、その後の混乱で音楽活動どころではないだろう。『007』シリーズもビートルズデビューと同じ一〇月五日公開の第一作『ドクター・ノオ』で終わるのは必至だ。

イーロン・マスクは「ファルコンヘビー」に、オープンカー「テスラ・ロードスター」を搭載して地球とのツーショット映像を全世界に配信した。一方、生存そのものに必死な『遙かなる星』世界の日本人たちには、そんな茶目っ気を期待できそうにない。

佐藤さんの作品世界は「行間」を想像しやすい。「ナチスに国土の東半を占領された米国の映画界」や、「南部連合が存在する世界でのジャズの誕生」といった「お題」でのスピンオフストーリーを夢想できる。しかし『遙かなる星』では、二一世紀に生きる我々の余暇を充実させてきた文化を担う地域が事実上消滅してしまっている。それだけに、その「行間」は途方もなく広大だ。整合性を考慮しつつ、この物語の「四巻」に着手するのは、雄大な構想力を持つ佐藤さんにとっても面倒な仕事だったのかもしれない。実際、この作品の三巻を一九九六年に世に出してからの佐藤さんは、『地球連邦の興亡』や『皇国の守護者』のように最初から自分で設定を作る方向に創作の軸足を移していく。

そして昨年、佐藤さん自身が「広大な行間」そのものとなってしまった。埋めることができなくなってしまったもろもろのものをかみしめつつ、この作品を改めて味わうことにしたい。

本書は、一九九五年六月にトクマ・ノベルズとして刊行された作品を文庫化したものです。

小川一水作品

第六大陸1

二〇二五年、御鳥羽総建が受注したのは、工期十年、予算千五百億での月基地建設だった

第六大陸2

国際条約の障壁、衛星軌道上の大事故により危機に瀕した計画の命運は……。二部作完結

復活の地 I

惑星帝国レンカを襲った巨大災害。絶望の中帝都復興を目指す青年官僚と王女だったが…

復活の地 II

復興院総裁セイオと摂政スミルの前に、植民地の叛乱と列強諸国の干渉がたちふさがる。

復活の地 III

迫りくる二次災害と国家転覆の大難に、セイオとスミルが下した決断とは？　全三巻完結

ハヤカワ文庫

小川一水作品

老ヴォールの惑星

SFマガジン読者賞受賞の表題作、星雲賞受賞の「漂った男」など、全四篇収録の作品集

時砂の王

時間線を遡行し人類の殲滅を狙う謎の存在。撤退戦の末、男は三世紀の倭国に辿りつく。

フリーランチの時代

あっけなさすぎるファーストコンタクトから宇宙開発時代ニートの日常まで、全五篇収録

天涯の砦

大事故により真空を漂流するステーション。気密区画の生存者を待つ苛酷な運命とは？

青い星まで飛んでいけ

閉塞感を抱く少年少女の冒険から、人類の希望を受け継ぐ宇宙船の旅路まで、全六篇収録

星界の紋章／森岡浩之

星界の紋章Ⅰ—帝国の王女—

銀河を支配する種族アーヴの侵略がジントの運命を変えた。新世代スペースオペラ開幕！

星界の紋章Ⅱ—ささやかな戦い—

ジントはアーヴ帝国の王女ラフィールと出会う。それは少年と王女の冒険の始まりだった

星界の紋章Ⅲ—異郷への帰還—

不時着した惑星から王女を連れて脱出を図るジント。痛快スペースオペラ、堂々の完結！

星界の断章Ⅰ

ラフィール誕生にまつわる秘話、スポール幼少時の伝説など、星界の逸話12篇を収録。

星界の断章Ⅱ

本篇では語られざるアーヴの歴史の暗部に迫る、書き下ろし「墨守」を含む全12篇収録。

ハヤカワ文庫

星界の戦旗／森岡浩之

星界の戦旗Ⅰ―絆のかたち―

アーヴ帝国と〈人類統合体〉の激突は、宇宙規模の戦闘へ！『星界の紋章』の続篇開幕。

星界の戦旗Ⅱ―守るべきもの―

人類統合体を制圧せよ！ラフィールはジントとともに、惑星ロブナスⅡに向かったが。

星界の戦旗Ⅲ―家族の食卓―

王女ラフィールと共に、生まれ故郷の惑星マーティンへ向かったジントの驚くべき冒険！

星界の戦旗Ⅳ―軋《きし》む時空―

軍へ復帰したラフィールとジント。ふたりが乗り組む襲撃艦が目指す、次なる戦場とは？

星界の戦旗Ⅴ―宿命の調べ―

戦闘は激化の一途をたどり、ラフィールたちに、過酷な運命を突きつける。第一部完結！

著者略歴　1964年生，2017年没，作家　著書『帝国宇宙軍１―領宙侵犯―』（早川書房刊）《地球連邦の興亡》《皇国の守護者》《エルフと戦車と僕の毎日》他多数

HM=Hayakawa Mystery
SF=Science Fiction
JA=Japanese Author
NV=Novel
NF=Nonfiction
FT=Fantasy

遥《はる》かなる星《ほし》１
パックス・アメリカーナ

〈JA1322〉

二〇一八年三月二十日　印刷
二〇一八年三月二十五日　発行
（定価はカバーに表示してあります）

著者　佐《さ》藤《とう》大《だい》輔《すけ》
発行者　早川浩
印刷者　草刈明代
発行所　株式会社　早川書房
郵便番号　一〇一 - 〇〇四六
東京都千代田区神田多町二ノ二
電話　〇三 - 三二五二 - 三一一一（大代表）
振替　〇〇一六〇 - 三 - 四七七九九
http://www.hayakawa-online.co.jp
乱丁・落丁本は小社制作部宛お送り下さい。
送料小社負担にてお取りかえいたします。

印刷・中央精版印刷株式会社　製本・株式会社フォーネット社

ISBN978-4-15-031322-7 C0193

本書は活字が大きく読みやすい〈トールサイズ〉です。